U0709762

四季如歌

（上）

柳金虎　著

克孜勒苏柯尔克孜文出版社

新疆电子音像出版社

图书在版编目(CIP)数据

魅力文丛 / 卓尔主编.—阿图什：克孜勒苏柯尔克孜文出版社；乌鲁木齐：新疆电子音像出版社,2003.12（2009 年 12 月重印）

ISBN 978-7-5374-0484-6

Ⅰ.魅… Ⅱ.卓… Ⅲ.故事—作品集—中国—当代 Ⅳ.I247.8

中国版本图书馆 CIP 数据核字（2003）第 125254 号

丛 书 名	魅力文丛
主　　编	卓　尔
本册书名	四季如歌
作　　者	柳金虎
责任编辑	郑红梅　刘伟煜　张莉涓
书籍设计	党　红
出　　版	克孜勒苏柯尔克孜文出版社 新疆电子音像出版社
地　　址	乌鲁木齐市西虹西路 36 号
邮　　编	830000　　电话:0991-4690475
发　　行	新华书店
印　　刷	三河市华晨印务有限公司
开　　本	850×1168 毫米　1/32
印　　张	10
字　　数	220 千字
版　　次	2009 年 12 月第 2 版
印　　次	2009 年 12 月第 1 次印刷
书　　号	ISBN 978-7-5374-0484-6
定　　价	298.00 元（全十一册）

随便看看（代序）

说不清啥时候养成的毛病，喜欢起看什么来。

我想这病灶大概是在戈壁滩上一座兵营里呆久了落下的。

那几年的光阴里，除了看看跟自己没有二致的兵们外，我便是蹲在营门前的老槐树下，看羊，并且每每看得如痴如醉。羊们大抵把我当成了一截枯木，在牧羊人的吆喝下，从我面前的土路上三三两两地过，有的在距我一步远处立定，用两个褐色的眼珠子瞅我，见我毫无动作，那羊便哗地嘟嚷了一句什么，独自前去了。偶尔，有那么一只老得不成形的羊，经过我身边的时候，在我撑开的膝盖上蹭痒痒，把一团脏兮兮的毛留在我的蓝色军裤上。

那几年的光阴过去后，我进了城市。

记得入城的第一天，我像若干初次进城的人一样，兜里揣了一张乌鲁木齐旅游图，从火车站出发，一路走走停停，眼圆睁，嘴半张，在城里看了个够。本以为成了城市人以后，对那些城市里独有的光景便会见多不怪了，孰料，喜欢看的毛病依旧未改。当然，城市里是不会见到羊群的。城里最不缺的是人，一群一群的，男的女的老的少的，你踩着我的脚后跟，我踩着你的脚后跟。我就开始看起这些城里的人来。

仍旧是坐在单位门前的墙根下，面前便是一条够得上繁华的马路。我看着一个人又一个人从我面前过去。他们未必能注意到我的存在，这我倒不在乎，或许在他们的眼里，我也如同一截枯木吧。这样很好，我对自己说，要是人人都能看见了我，我反倒自在不起来了呢。

不久我就发现，看人跟看羊是大不相同的。尽管每个羊也都有每个羊的想法，但是在它们的羊脸上，固定的都是一种相同的表情，笑嘻嘻的，透着友善，透着满足。人却不同，人的脸像一幅很复杂的地图，看起来挺累。那天我就看到了一个男的，跟在一个女的后边，男的高出女的小半截，女的却在气势上高出男的好几倍。男的弓着腰，脸上堆着笑，那笑很典型，小学生似的。女的偶尔斜男的一眼，从撇得变了形的嘴巴里冒出句什么。男的便鸡啄米样地点头，笑得也更加小学生了。我知道这是一幅典型的女上司与男部属图，叫我看了觉得很累。

我还见到一幅男上司与女部属图。女的是很年轻很有点姿色的那一类，男的不太出众，肚子倒还大得可以，走起路来一颤一颤的。女的挎了男的手，脑袋猫儿一样附在男的肩膀上，这是人少的时候。人多了，女的便与男的拉开距离，不认识的样子，瞅人少了，又黏过去。当然，我的存在是丝毫不会影响他们的，我见那女的曾经斜过我一眼，之后高傲地扬过头，又猫儿一样地拥着男的走了。这样的日子持续了一阵子，直到后来那男的又换了一个新的照样漂亮的女部属。这个图叫我看了依旧觉得很累。

不看男男女女的事，看点别的吧。奔命的小贩，讨饭的花子，当街骂架的老娘们，临门揽客的酒吧女，见缝就钻的出租车，遇站不停的大公共汽车，还有逃票的偷税的抢包的捅人的，还有乱扔乱摆乱放乱停的,看看这些,依旧觉得很累。这满街的都是些什么事儿呢,横看不顺眼,竖看眼不顺,本是想随便看看的,却看了满肚子的累来。

累归累,看是依旧要看的,否则闲了眼睛干什么。好在我这人的适应或者叫应变能力还行,满街的看着累的事渐渐地竟也习惯起来,因为习惯了,便也就不累了。因为不累了,便也就麻木了。因为麻木了,便也就无所谓了。

这是我的一种状态的变异过程。随便看看,满街的男男女女无不由这个过程旦穿过来。或许这时候,我们已经为人父人母,我们将领着孩子也从那个过程里穿过来。

时光移转,物事更迁。还敢不敢看,由我们这样一群变异了的人的手上交付到被我们教育得同样变异了的后辈的手上的事业,百年之后的样子?

我坐在墙的阴影下,冷得不住地哆嗦起来了。

(本文原载 2001 年 3 月 17 日《乌鲁木齐晚报》,是为序)

柳金虎
2009 年 1 月

目 录

夏

目录

四季如歌

秋

目录

目录

春

因为温暖，我们感谢春天

娘的眼泪

　　最喜欢听歌剧电影《洪湖赤卫队》中女主人公韩英在敌人狱中的一段唱腔："娘的眼泪似水淌,点点洒在儿的心上……"每每听到这如泣如诉的旋律,我总会禁不住热泪盈眶,不由自主地想起了远在故乡山东的娘亲……

　　记忆中,娘是极少流泪的。即使是父亲去世,我们家塌去了顶梁柱,娘也没有被不幸击倒,她伏在父亲灵前痛哭过后,第二天就抹干泪,领着我们兄妹几个下地干活。

　　父亲去世那年,我不满十六岁。那时,长我两岁的大哥刚刚参军,正在北京的一个部队服役。那年年底,农村实行了大包干,我们家分到二十多亩地,所有农活都压在了娘和我以及年幼的弟弟妹妹肩上。村里的婶子大娘都劝娘让我大哥提前退伍,娘咬着牙一声未吭。此后的日子,娘领着我们在自家的责任田里没白没黑地忙。没有犁具,娘就东家西家地去借;没有耕牛,娘就将绳索套在肩膀上用人拉犁。我们一家用了比别人家多得多的辛劳和苦累,硬是将二十多亩地全部播下了种子,没有抛荒一分一厘。在那些艰难的日子里,娘始终没有落过一滴泪,她用自己的坚强影响着我们,使我们贫弱的家渐渐走出了困苦的沼泽。

　　随着家中日子的好转,不甘在黄土地里劳作的我也萌生了当兵的念头。那时,大哥已经留在部队上转成了志愿兵,一些亲戚劝阻着让我放弃参军的打算。但娘却没阻拦我,在1986年那个秋叶飘飘的季节里,她老人家亲手为我打好行装,将我送上了那条通往远方的乡村土道。给娘鞠最后一个躬的时候,我哭了,娘也哭了。那时,我还不知道将去何方服役,更不知道这一去的前景如何,但我知道,在娘的膝前生活了近二十年的我,从此将要远离了娘的身边。那天,透过蒙蒙泪眼,我看见乍凉的秋风拂乱了娘的花白的头发。娘已经那么苍老了,作为儿子,我本该在膝前让她老人家多享些清福的,但我却要离她远去……

坐上火车,一路向西,四天四夜后到了新疆。我没想到的是,娘收着我的第一封信,每叫小弟给她念一遍,她就流一次泪。弟弟来信说,娘得知我到了新疆,当即就哭了。尽管我信中描绘的新疆及部队的情况是很美的,但在娘的心目中,新疆毕竟是遥远的。因为远,娘便担心。为了叫娘高兴,我在此后每月一封的回信中,都反复讲述探家的话题,我说,等当满两年兵以后我就可以探家了。从此,探家成为我和娘共同埋藏在心底的盼望……

然而,当我一身戎装站在娘的面前时,却是整整过了四年以后的事情。那次探家,为了给娘意外惊喜,我事先没有讲我的行期。那天清晨,当我站在熟悉的庭院里,喊了声娘,早已忍不住泪水双流。娘从屋里跑出来,反复叫着我的乳名,枯瘦的手牢牢攥住我的手,哭出了声。

我的假期只有短短的一个月。在家的日子里,我哪里也没去,每天都坐在炕头陪着娘说话,我想补偿欠娘四年的话。四年了,娘的额头又添了更多的白发,我知道,那每一根白发,都是被劳累和思念染成的。归队的日期渐渐近了,我实在不忍心跟娘道别,但又实在不能违反军纪超假……离家那天,娘一夜未睡,伏在灯下为我包送行饺子。小妹催娘睡觉,娘说,你二哥要回新疆了,吃了饺子路上顺。接着又念叨,他一个人要走那么远的路,这一去什么时候再能回来一趟呢,念着念着就流下泪来……

一晃,我在新疆的军营度过了二十年时光。其间,探了多次家,每次假期满归队,娘都要流着泪送我。我怎么劝都不行。娘说,等你成了家,走的时候有了伴儿,娘就不哭了。可是等我成了家,有了孩子,离家的时候,娘哭得更厉害了。在多少艰难困苦面前从不流泪的娘,面对在远方当兵的儿子的暂时别离,泪水却总也流不尽。说实在话,作为儿子,我当时并不能真正理解娘的心境。真正理解了娘的那种感受还是在我送女儿远行的那一刻。那年冬天,妻带着两岁的女儿第一次返乡探亲时,我因有任务未能同行,去火车站送行时,列车启动的刹那,女儿向我挥起了小手,我的泪不由自主地涌出来,直到列车在我的视线里变成一个小黑点,泪水兀自未干。那一刻,我感到心里空落落的,只有一个念头充斥着:想大哭一场。

泪水不会言语,泪水却似千言万语。我知道,眼泪是娘独特的表达方式,娘是在用泪水讲述她对远方儿子的无尽思念。这是所有军人父母的共性。是的,每个军人的家庭,都承载了比别人家多得多的思念折磨。但正是有了万千军人家庭的牺牲奉献,也才有了千家万户的温馨团圆。

(原载 2007 年 10 月 23 日《新疆广播电视报》)

小　街

　　我又一次踏进这条小街，从那一扇紧挨着一扇的锃亮的钢制防盗门中间，竭力寻找着那扇我曾经熟悉的小木门。

　　都过去七八年啦，木制小门早已成为小街的历史。眼前的街道变宽了，街道两边的楼房变高了。那时候，这些都还像是一个遥远的梦，时常挂在小街居民的嘴上。

　　倪寒江大娘便是经常在心里规划小街未来的一个。她端坐在她那个义务行医的小诊所里，向一个又一个就医的人讲这条小街的将来。倪大娘说，到那时，这个小诊所也该搬进宽敞的大楼里了，病人来了住着多舒坦。

　　"到那时"已经成了今天的现实，鳞次栉比的楼房把这条小街装点得年轻起来。我踏进小街，寻找着倪大娘曾经描绘的楼房。楼房一栋接连一栋，却都不是倪大娘对我描绘的样子，也不见了红火的小诊所和它的主人。

　　小诊所的旧址就在我的脚下。不过，我闻到的已不再是溢香的中草药味，听到的也不再是倪大娘悠缓地叮嘱病人的腔调。这是一间化妆品店，里面装满了化妆品的综合气息和刺耳的讨价还价声。我看到几个装扮入时的姑娘正昂着脖子与顾客讲价，她们的眉描得很细，嘴很红。

　　我问，倪寒江大娘，你们认识吗，她曾经就在这里住的。我指着脚下说，七八年前吧，这里曾是一个小诊所。

她们都一齐怪异地看我,嘴巴张着,很意外的样子。

我又说,倪大娘,一个义务开诊所的老人。

听的人便都皱眉了。看我的眼神也失去了热情。

我记得那时候,倪大娘把草药一包包封好,取一根小尼龙绳扎紧,一手提了,一手扶着患者,走出小木门,走进小街心,站在那里望着,直至那些身影在街的尽头消失。

有风的时候,倪大娘花白的头发被吹凌乱了,眼睛里也渗出泪来。她已是 78 岁的人了,怎能禁住风吹呢?

她在小诊所里紧张地忙着,望闻问切,抓量包捆,全然没有 78 岁人的老态龙钟,甚至还有汗流下来,在她的积满褶皱的脸上,缓缓淌着。这是 78 岁的老人的汗水……

面前的姑娘不再理会我。她们的生意很兴隆,化妆品是掩盖年龄的东西,需要的人很多。这是近几年的事。

讨价还价的声音再次在我的身边炸起来。

……送走最后一个病人,倪大娘捶着背说,你下次再来采访,这里便是高高的大楼了。或许一年两年,或许三年五年吧。倪大娘说,那时候大娘还不定在不在了呢。

我说在的肯定在的,您的身子骨硬着呢。

倪大娘笑了,嘴巴里仅存的几颗牙齿露出来……

七八年后,我踏进这条小街。

街道依旧窄着,只是小木门不见了。物非人非,一切都不再。就连义务行医的倪大娘和小诊所,小街今天的主人们也都不知晓了。仿佛,那是一个久远时代里的故事了。

（原载 2001 年 9 月 7 日《工人时报》）

解读一个梦

大约从十八九岁的时候起,我就开始反反复复做着一个内容相同的梦。梦中的我负一只沉重的包裹,正在峭立的悬崖上攀登,下面是一条无边的河,河水涌动,巨浪翻滚。我如一条壁虎贴在光滑的峭壁上,寻不到可供援手的哪怕一棵小草,就这样上不得下不来,直至被惊醒。

我知道,梦是虚幻的,根本不值得去较真,但反复梦到相同的景象,则有些离奇了。于是,我便把这个梦境说与一些要好的朋友听,其中一位朋友读大学时据说对梦颇做过些研究,他说梦由心生,你一定有很重的心事吧?我竭力在记忆里搜寻,并未发现有什么心事能重到叫我负着它去攀悬崖。朋友说,怪了,一般来讲,日有所思,夜有所梦,你没有心事,怎会接二连三做这个梦?

解梦未果,我便把这个梦忘在了脑后,直至昨夜它再一次出现在我的梦境里。照例是峭壁湍流,也照例是上不得下不来,我浑身的衣衫尽被汗湿,心跳声沉重如鼓。惊醒的时候,夜尚深,远处飘来夜行车辆沉闷的轰鸣声。

我回味着这个叫人感到沉重的梦,又想起了那位朋友的解释。我有沉重的心事,它们到底都是些什么呢?

我干脆披衣坐起来,燃了一支香烟,从头想起——

十八岁那年,初出校门,在一家乡镇塑料厂做工。薪金虽微薄,却从不敢懈怠。后有幸被厂方提为班组长之类的小官,更为勤勉,日里夜间,满脑子都是工作,生怕因己不慎误了公家的事。那个梦就是由此开始的。

后来参军来到新疆,在一座国防仓库站岗,日夜与钢枪为伴,深感责任重大,这期间曾多次做过那个梦。

再后来被部队破格提为干部,由寻常士兵成为"带兵的人",这期间岗位数次变换,工作始终不敢马虎。

再后来成家、为人父,那种"光棍一身轻"的感觉顿然无存,心中始终装着对妻女的责任感,工作闲暇不敢独享清闲,而是回家帮妻做家务,灯下课儿读,日日如此。

再后来……

这么——想来,我突然读懂了那个梦。

实际上,诺多年里,我一直生活在一种无意识的沉重的心事里,那心事缘于做人的责任。是这种责任叫我时时刻刻不忘记做人的本分,叫我认认真真对待每一件事情,叫我生活得清贫辛苦,也叫我生存得踏实而富有意义。

我对梦中那个始终在负重攀岩的我肃然敬佩起来。他叫我懂得,人生于天地间,须得揣下忧天地的责任。倘若没有了那份责任,人也就没有了生的意义。

人啊,就算生命的旅途有诸多的不如意,就算是每前进一步都要付出昂贵代价,也不能停下攀登的脚步。一旦停下来,那便是人的生命终结的时刻。

(原载 2001 年 3 月 1 日《都市消费晨报》)

绣花鞋垫

在我的箱底,保存着一双绣花鞋垫。鞋垫是用农家常见的布壳子(几层旧布用糨糊粘在一起晾干后即成)做成的,外面蒙一层白布,白布上面用红黄绿几种颜色的彩线纳出三朵怒放的牡丹花,整个鞋垫就像一幅精美的工笔画。

这双鞋垫是母亲亲手为我纳制的。时间是 14 年前。

那时,我刚参军来到新疆。母亲对新疆知道不多,家里那时还没有置上电视机,她听别人说新疆很冷,便时常为我担心,每次让三弟写信来,也总是反反复复嘱咐我多穿衣服,没事的时候就呆在房子里,千万不要跑到外面受冻。尽管我的回信里一再讲新疆的冬天实际上跟家里差不多,母亲却认为我这是在宽慰她,仍旧不能放心。

在紧张忙碌的新兵训练中,我离家后的第一个春节来了。像许多新战友一样,我也收到了母亲自万里之外的家乡寄来的包裹。包裹内有我喜欢吃的糖衣花生米,有一封信,还有这双用干净的塑料布包裹得严严实实的鞋垫。

我是坐在营房后面的山坡上拆包裹读家信的。我不想让别人看到我捧着家信泪流满面的样子。

那天,是一个少有的晴朗的日子。我照例捧着家信读得热泪盈眶。三弟在信上说,母亲始终担心我的身体,尤其是我那双汗脚,怕我的双脚被边疆的寒冷冻坏,她老人家戴着老花镜,用了十几天时间,为我纳了这双鞋垫。

捧着那双绣花鞋垫,我仿佛看到了母亲在黯淡的灯光下一针一线纳鞋垫的身影。夜渐深了,隆冬的茅屋内凉气弥漫,屋外北风呼号,母亲搓搓手,继续纳着。这个画面自我年少时就已深深烙在了我的心里。那时,我们的家很清贫,我们兄妹几人的衣服,便是在母亲穿针引线的缝补中穿过来的。无数个隆冬的夜里,我常常一觉醒来,还见到母亲在如豆的煤油灯光下一针一线地缝啊缝,缝啊缝……

直到今天,儿子长大远行了,母亲也在日复一日的操劳中变得苍老起来,然而她老人家依旧不能放下心,依旧在日日时时地挂牵着远行的儿女……

普天之下,只有母亲才会如此博爱无私,只有母亲才会如此舍己忘我,这份永远也割舍不断的亲情,为子女者哪怕是用生命去回报也是难以报得万分之一的。就在我离开母亲的这个寒冷的冬天,就在边疆覆满白雪的这座小山包上,我第一次这么深刻地懂得了母亲的含义。

母亲亲手为我纳制的这双绣花鞋垫,我一次也没有舍得用,而是精心包裹起来,珍藏在我的身边。它是母亲爱的缩影啊,有它陪伴在我的身边,我会在未来的路途上走得坚毅从容,走得正直友善,直至我生命旅程的尽头。

（原载 2001 年 5 月 19 日《空军报》）

男儿泪

"男儿有泪不轻弹","男人流血不流泪"……类似的话语在描写男人的篇章里实在太多了。似乎,这就是男人的本色,男人天生就不应该拥有泪腺这玩意儿。与这些不流泪的男人们比起来,我这个多少也算得上魁梧的山东汉子就变得不大够男人了。我不但拥有泪腺,而且泪水也甚是丰足,时常面对一声问候一句安慰或者一棵春芽一片秋叶乃至小说里虚构的一个人物,泪水便会夺眶而出。

记得参军那年的秋天,黄叶飘零。离家前,我时常一个人站在老屋的院落里,望着那些颤巍巍飘落的叶片,任泪水悄悄滑出眼眶。我并非为落叶流泪。叶为季节忠诚的使者,春荣秋枯,岁岁复始,今年去了,明年会再生。但我却要永久地失去了我熟悉的童年和少年,去走上一条另样的人生轨道,离别这个给我生命给我十八载人生温暖与快乐的简朴小院,离别已然潜生华发的慈祥的母亲。我知道,这是人生成长的必然经过,但我却在这个必然的历程里,哭了。

十几年后的今天,我站在而立的门槛里,艰辛地品尝着人生滋味的时候,在心的深处,依旧萌动着那种别样的情感,于是,我会依旧站在那样的落叶的季节里,去洒一些清泪。别人自然是不能理解的,包括我的一位写诗的朋友,她曾经很惊诧地张开嘴巴,说,你不该当兵,你应该写诗,你会是一个不错的诗人。我的妻面对我的泪,也颇觉难为情,劝我,都三十好几的男人啦,也不怕别人笑话。

是的,都三十好几的人了,聪明的女儿的个头已经齐我胸高了,是该给我的泪关个闸门了。然而没用，泪水不是河堤圈住的野水，泪水难以自抑，无论你是多么的钢铁烈性，只要你的胸腔里尚有温情，只要你怀着感动，只要你在这个纷繁的俗世里没有放弃真情，你必定要流泪。

还是在看《平凡的世界》的时候，那时我的女儿尚不足三岁。我融入到那些平凡的人物们中间，与他们同欢同喜同悲同泣，不想泣声竟然惊动了小女，她不知道爸爸为何哭泣，抑或从未见识过成年人的哭相，一瞬间呆住了，两眼圆睁着，突然便"哇"地啼哭起来，边哭边用温热的小手替我擦拭泪水，嘴里还一个劲地劝道：爸爸不乖，爸爸哭了。女儿自然无法懂得我的心境。我哭书中那些平凡人物的际遇，是因为我从中看到了我和我的父老兄妹们的影子，是他们真诚的淳朴感染进而感动了我，所以流泪。

今天，每当我被影视剧里的人物感动落泪的时候，懂事的女儿总会扯来手帕替我揩泪，而且女儿的双眼亦会泪花闪烁，我想，能辨美丑的女儿的心里也装下了真情呢。

不为曲折而流，不为挫折而流，不为生计的苦辣辛酸而流，只为感动，只为真情，只为爱，这便是男儿泪。

（原载 2001 年 8 月 29 日《都市消费晨报》，获优秀征文奖）

触摸一束阳光

几杆细竹，一车青草，这便是搭房子的主要材料。

秋的太阳已经有了些许冷意，它高远地悬着，漠然地看着我和我的父亲——我们都在忙着，确切地说是我的父亲在忙，他把屁股撅得很高，吃力地挥舞镐头，挖出一些规则的小洞，将竹竿栽进去，随后用爆裂开后跟皮的大脚死死地踏实。做完这些，父亲擦了一把汗，说，绑绳子。

父亲牵着绳子头，围着那些栽牢的竹竿绕圈子。每绕到一根竹竿，在上面打一死结，又绕到另一根竹竿前。秋阳照耀在父亲赤裸的古铜色的脊梁上，照亮了滚动着的粒粒汗珠。

我很想帮父亲一把，却始终不能帮得上。这活，小孩子干不了。父亲往掌心里吐一口唾沫，手不停地对我说。

其实我已经不小了。八岁的生日已经过去。我知道了不少事情，也知道了死亡，那是非常恐怖的事儿——

顷刻间，成片成片的房屋颓然坍塌，沉重的土墙压在人的肉体上，血在流，肉模糊，天地昏暗，一切生命都已不复存在。这就是地震，是我从一个电影上看到的景象。

那个电影恐怖了我的许多的夜晚。我常在梦中惊醒，感到天地旋转，巨大的屋梁正呼呼地朝我压过来。我哭着跳起来，爹呀娘呀乱叫唤。直至梦魇走了，才复又睡去。

真不敢想的是，地震竟然就要来到我们的村庄。

消息是从公社里的干部口中传出来的。我在村子里见过那个干部，他的下巴往前翘着，上面的胡子刚刚剃过，泛出铁青色来。干部站在村中央的一堆圈肥上，声音异常洪亮也异常惊人，地震就要来了，各家各户老少爷们都留点神。

于是，家家户户便开始搭防震的棚子。搭棚子不比盖房子，不需多少材料，几根秆子几捆青草几根绳子而已，而且仅靠一个成人的力量，小半天便会完工。

我家的防震棚子搭在了宽阔的场院里。

父亲说，地震不光是倒房子，还倒树。树都高几丈，防震棚离近了，一家伙就砸上了。父亲说着，迈着他的坚实的步子，反复丈量之后，才在场院里选定了棚址。

那阵子，我就像一匹受了惊吓的家犬，老老实实地跟在父亲身后，尽管不能帮他什么，始终寸步不离地跟着。

死亡是挺骇人的事儿。我曾经见过三婆家的那头满月小猪，在天井里散着欢呢，突然就倒在了墙角落。三婆说是吃了鼠药，眼看不行了。她用提篮盛了小猪，扔到了村北的旱渠里。我和兰子挖猪草去了那渠，看到了那猪。猪死的模样吓了我一大跳，叫我不敢再看第二眼。

那猪仰着，肚子叫狗撕豁，肠子已经掏吃净，留下淋淋的血迹。猪眼睁着，灰茫茫的，看着天。猪嘴裂开，舌头上爬满圆鼓鼓的蛆虫。兰子骇得扔了提篮，捂着脸哭。

好几天里，我都不敢去旱渠。猪睁着眼的死相老是在我眼前晃悠，它的死令我觉出了死亡的恐怖。

生命如此脆弱，活着的每一天里都布满了死亡的恐怖。

死亡不可避免，死亡却又是那么残酷。

可怕的地震！唐山死了数不清的人，这消息也是公社的干部亲口说的。他说，人被扒出来时，肚子都砸烂了，肠子断成一截截绳子样，还有一些人的脑袋成了薄饼，两个眼珠子滚出来，像两个玻璃球，圆得吓人。可惨啦……

防震棚子总算搭成了。父亲蹲在一边抽烟，我蹲在父亲身边。我听到父亲说，就算是震了，棚子也砸不痛人。

什么时候震呢。我颤抖着嗓子问父亲。

父亲说，唐山刚震，咱离得近，怕是这个夜里了。

入了夜，天阴沉起来。家家户户都宿进了防震棚，没有人说话，也没有狗吠。我们在不安地迎接着那个可怕的时辰。父亲抚摸着我的头说，睡吧。我却不敢有丝毫睡意。

旁边的棚子里已经传来粗重的鼾声，还有窸窸窣窣打磨牙齿的声音。我听到父母低沉的对话。到半夜了吧？父亲说，怕是不震了，睡吧。母亲于是也说，睡吧。

我却更圆地睁开了眼睛。远处的狗叫起来，谁家的孩子也啼起来，还有断断续续的梦呓。这个黑沉沉的夜，漫长得叫我害怕。我沉浸在死亡的恐惧里，觉得自己的弱小的身子正渐渐被死亡咬住，恍如那头吃了鼠药的小猪。

活着是多么美好的事情。阳光灿烂地照耀着，红的花绿的草，蜂嘤嘤地飞，蝶翩翩地舞，老人安详地晒太阳，孩童无忧地做游戏。这一切的一切，只有活着才能拥有。

然而，人世间却还有死亡，令人恐惧的死亡。

人死了，就像那头猪儿，尽管睁着眼睛，却什么也不能再看到了，只有被日光风雨慢慢地剥蚀身子，最终连骨头也变成一把土，完全彻底从这个世界上消失了。

啊，多么可怕的死亡！

然而，就在这个恐惧的没有月色星光的夜里，死亡就要来了。我躺在沉沉的夜色里，分明地感觉到死亡正渐渐伸出它那秤钩一样尖利的双手，慢慢攥紧了我的呼吸。

眼皮开始变得沉重起来。我对自己说，不能睡，我要跟死亡好好地商量一下，活着是多么美好的事情哪。

然而，我最终还是沉沉地睡过去了……

醒来已经是第二天的小半晌了。父母都忙去了。静静的防震棚里，只有我自己悄悄地躺着。柴门虚掩，一束阳光照进来，越过我眼睛上方，斜斜地投射到棚壁上。

恐怖的夜已经过去了。

我还活着。

我用眼睛轻轻地触摸着那束阳光。阳光，你用你的目光注视世间万物，你看到新生，你也看到消亡；你看到欢悦，你也看到哀鸣。阳光，你本身就是生的精灵。

这束生命的阳光啊，此刻，你又照耀在我的身上，叫我顿然萌生出了难言的亲切，心头涌动起难言的感动。

触摸着一束阳光，我哭了。

那是一个八岁孩子对生的渴望和被生的感动。

（原载 2001 年 12 月 30 日《兵团日报》）

被茶俘虏

迷上喝茶，是我被调进机关里专司文字工作以后的事情。在这之前的近三十年人生里，我与茶的缘分甚浅，对茶的研究几乎为零。见到别人饮茶时表现出的或痴迷或陶醉的神态，我觉得难以理解，几片干巴巴的植物的叶，有那么神么？

机关节奏快，分工也明确。从事文字工作的人差不多就是经年累月与案头相伴，凭一支钢笔，几页白纸，绞尽脑汁鼓捣那些方块字，而且这类工作似乎总也没有尽头的时候，白天做罢，晚上继续，甚至通宵达旦，其清苦、寂寞可想而知。记得刚进机关上班的第一天，同事将一只墨绿色的小铁桶递到我面前，我见那桶上印着一个浓黑的草体"茶"字，便连忙摆手。同事笑笑，说："李白斗酒诗百篇，咱凭的就是这一杯浓茶写材料。要没这茶，到哪去找灵感！"我并未去琢磨这句话，只是觉得喝茶嘛，纯属个人的生活习惯，与工作是风马牛不相及的。

进机关第一次加班就遇到了通宵战。那天的活计来得急，领导要求第二天上班见稿子，布置完任务，领导指指他的办公桌："我这里有茶，提提神。"我没有理会那茶叶，而是继续喝着自己的白开水，一气干到大半夜，活没做完，瞌睡却来了，拿笔的手不知不觉地就将笔扔在了纸上。喝茶提提神！这时，领导的话响在了我的耳边，对，喝杯茶！我连忙撮茶叶，加水，一阵阵香气从杯口飘过来，闻之不由令我精神一爽。几分钟后，我看到玻璃杯内的液体变得绿油油起来，轻轻喝一口,喷香!我干脆撩下手中的笔,双手抱着杯子喝起来。一杯茶水下肚,只觉得脑子清爽爽的,浑身上下舒坦极了。那一夜,靠着一杯杯茶水,我将那份五千余言的文字材料突击了出来。第二天上班后,领导掂着那份稿子,一个劲地直点头呢。

这次夜战之后,我成了茶叶的俘虏。每每伏案作文之前,总要先泡上一杯香茶,慢慢地品着。我感到,有茶相伴的日子,我的灵感仿佛生出了翅膀,手中的笔尖再也觉不到困涩了。尽管,由于经济能力的限制,我大都是选择比较便宜的茉莉花茶喝,但正是这一杯杯散发着茉莉香味的清茶,使孤灯下劳作的我远离了清苦,也远离了寂寞。

今天,茶叶已经成为我不可或缺的朋友。一日不吃饭尚可对付,一日不饮茶则实在难熬。对我来说,茶叶就如同生活的添加剂,它使我的生活变得更加有滋有味起来。

（原载 2000 年 10 月 10 日《新疆广播电视报》）

有困难找记者

"有困难找记者！"

首先声明，此语并非从那句著名的"有困难找警察"篡改而来，乃是我对记者这个职业的一点认识。

我是《新疆日报》的驻部队记者，常年在部队医院从事新闻宣传工作，经常与形形色色的病人打交道。这些年，看病难已经成为一个沉重的社会话题。一些重病患者从边远的乡镇团场来到乌鲁木齐求医，时常因为没钱住院，使病情未能得到及时治疗。最后是新闻记者的采访宣传，将他们的凄凉境遇公之于世，唤起了社会的同情心，赢得了各方的援助，才最终挽回了他们的生命。因此，有不少特困患者及其亲属经常流着眼泪尊称记者为"救命恩人"。

直到今天，只要一提起帮助过他们的记者，兵团农工子女苏娟苏伟姐弟俩仍旧感动得泣不成声。十多年前，仅有十几岁的苏娟苏伟不幸同患尿毒症，父母带着他们从奎屯来到乌鲁木齐求医，因交不起高达15万元的住院费，被几家大医院拒之门外。后来，我院向这两个不幸的孩子伸出了援助之手，在为其减免医药费的同时，考虑到一家两人患尿毒症在全国都属罕见，医院党委又在全院发起了捐款救助活动。时任《新疆日报》驻部队记者的医院政治处干事董遂宽同志心潮起伏，连夜采写稿件，向社会发出了"献出一片爱心，救助军垦后代"的呼吁。随后，疆内各大媒体的记者纷纷加入宣传行列，他们用新闻记者的强烈责任感和同情心，使救助"二苏"的宣传在隆冬的边城不断升温，由此促成了新疆有史以来规模最大的一次社会自发募捐活动，共有上百个单位数万群众参加。不到一个月，为苏家募捐20万元人民币，使两个孩子顺利接受了手术。

今年2月24日，年仅27岁的女患者崔燕因患巨大脑肿瘤从南疆来到我院就医。崔燕家境贫困，丈夫无工作，父亲体弱多病，母亲退休，加上这几年检查治病，家中已经欠了2万多元外债，面对高达4万余元的手术费用，一家人愁得唉声叹气，一筹莫展。无奈之际，崔燕的丈夫拨打了媒体的热线电话。那天，我去病房采访时，正碰上《新疆都市报》记者尹红丽、卢晓萍也在现场采访，我们大家对崔燕的不幸遭遇深感同情，此后的日子，都竭尽全力地用手中的笔对崔燕的治疗过程进行宣传报道，引起社会的广泛关注。我院先后为崔燕捐款和减免医药费3万多元，加上各族群众的自发捐助，崔燕终于战胜了巨大脑肿瘤，彻底康复了。

这样的例子还有许许多多。遇到困难的时候，需要帮助的时候，群众首先想到了记者，这说明了什么呢？说明了记者的职业在群众心目中的神圣和伟大，说明了群众对记者人格德行的信赖和信服，也说明了记者只要时刻把群众的冷暖挂在心头，把群众当宣传的主角，秉笔直书，为群众鼓与呼，就会受到人民群众的支持和欢迎。

有位记者给我的名片上印着这样一句话：新鲜事、有趣事、特别事请随时告诉我，有困难别忘了找记者！多朴实的一句话，我想这恐怕也是所有记者的共同心声吧。

（原载2004年10月3日《新疆日报》）

共有一个家

新华社消息 5月12日14时28分,四川省阿坝藏族羌族自治州汶川县发生里氏8.0级特大地震。地震波及十多个省、自治区、直辖市,造成巨大人员伤亡和财产损失。

老师——

公元2008年5月12日,阳光曾经那样灿烂,天空曾经那样明丽。然而,谁也没想到,这美好的一切,顷刻被巨大的灾难笼罩。8.0级特大地震,在眨眼的一瞬间,山崩地裂,地动山摇,美丽的家园变成满目废墟,出山的道路遇到滚石阻挠。巴蜀大地上,我的数万父老乡亲,连同那些不谙世事的孩子,被深埋在黑暗之中。世界,在这一刻仿佛已经倾倒。

孩子——

怎么这么黑呀,我这是怎么啦?是谁把房子推倒,这么多石头压在我身上!老师,我肚子好疼;老师,我的眼睛睁不开!怎么听不到老师的回答,小伙伴们也都不见啦,难道……我死了吗?

老师——

孩子,你也许并不知道,地震多么可怕!孩子,你也许并不明白,生命在巨大灾难面前,是那样脆弱和渺小!再坚硬的身躯也会倒下啊,你的老师,一个爱说爱笑的漂亮女孩,在断壁塌陷的那一瞬间,她用柔弱的臂膀,支撑起千万斤的重压。因为,在她的胸前,有你这棵脆弱的小苗！孩子，你还那样弱小，人生的路才刚刚起程，千灾万难由老师一肩去挑！

孩子——

呜呜……我想回家！我想妈妈！"六一"快到了，爸爸还答应我，要带我到动物园，去看调皮的小猴子爬山，看快乐的小袋鼠趴在妈妈的怀里撒娇。可是，我一动也动不了，我的小肚肚好饿，我好想睡觉呀……

老师——

孩子，千万要挺住啊，这个家，不能没有你啦！也许，你不知道，就在这次特大地震里，你的家已经没有啦，爱你的爸爸妈妈，带着对你的慈爱和牵挂，永远长眠在他们工作的岗位上，甚至，没有来得及给你留下一句话……孩子，千万要挺住啊！会有亲人把你救出，因为，你还有一个叫祖国的大家！

孩子——

过去几天啦？我看不到星星，看不到月亮，也看不到爸爸妈妈……难道，我成了没人要的孩子？难道，我真的已经死啦？

老师——

孩子，我们不会不要你，国家决不放弃任何努力！你看，温家宝爷爷来啦，爷爷的心里揣着对你的牵挂！你看，胡锦涛爷爷也来啦，胡爷爷深情地说：救你们，要不惜一切代价！你看，在断绝的山路上，有一支绿色的队伍在奔跑，那是解放军叔叔救你们来啦！地震虽然毁坏了我们的家园，让生命遭受巨大威胁，但是，有了党和政府的牵挂，你们一定会被救出，你们一定会顺利地长大！

孩子——

我听到了解放军叔叔的声音，他们就在我的身边！我看见了手电筒的亮光,它们给我送来了生的希望!黑夜已经过去了,我真的还活着!我又能看到星星啦,它们一闪一闪地挂在天空,就像亲人眼角的泪花……

老师——

这个孩子是幸运的!她在被掩埋了 100 个小时之后,再次拥抱了这个温情世界。尽管,家园已经毁啦,遍地都是残垣碎瓦,但祖国处处都是她温暖的家!尽管,爸爸妈妈已经离开人世,妈妈的催眠曲再也不会响起,爸爸的承诺再也无法变成现实,但神州大地会有千千万万的亲人,用爱的臂膀为她遮风避雨!一方有难,八方支援。看,地震灾区的一支支救援队伍,全国各地的一笔笔爱心捐助,都是用行动做出的最有力的回答。有爱,就有温暖;有温暖,就有生的希望!孩子,忘却痛苦,快乐地成长吧!

孩子——

我的伤已经治好啦。我要背起书包去上学啦。我又有了一个温暖的新家。真的,我不孤单!天堂里的爸爸妈妈,你们听到了吗?

老师——

听到了,他们听到啦!你看那蓝天上游动的点点白云,那是爸爸妈妈最欣慰的回答;你看那皎洁的月光铺满大地,那是爸爸妈妈最放心的泪花。虽然,地震可以摧毁我们的家园,地震可以摧残美好的生命年华。但永远震不倒的,是众志成城的中国精神!永远昂首屹立的,是携手前进的巍巍大中华!

合——

祖国,妈妈!祖国,我们共同的家!

(作于 2008 年 5 月 20 日。此文是应解放军第 474 医院幼儿园老师之约而作,为该园"六一"晚会朗诵节目)

血染的军衔

　　那时候我在一个偏远连队当指导员。连队驻扎在一座名叫青龙山的山峰半腰，一条曲曲弯弯的小路盘山而上，这是我们与山外联系的唯一通道。那天，我和通信员就是沿着这条崎岖的羊肠小道走了半晌，才赶在天晌时到达山脚下，把新分来的实习排长罗爱军接上了山。

　　罗排长给我的第一印象是黑。在肩上那副红色学员肩章的映衬下，他的黑色皮肤泛着油油的光泽。一看便知道是曾经长时间地经受过风吹日晒的历练。

　　山里的兵苦。山风吹，日光晒，我们连队的兵们一个赛一个地黑。就连我这个搞政工的指导员，也是烧窑的碰上卖炭的，都黑到一家了。所以一见到罗排长，我顿有他乡遇兄弟之感。当真"不是一家人，不进一家门"哪！

　　罗排长的工作很出色。他所带的三排曾经在不到两年时间内先后调走了两任排长，致使排里的工作受到很大影响。我和连长为三排的事没少费脑子。但自从罗排长到任后，我发现三排的面貌在一天一个样地变化着，为此我心里暗暗高兴，为连队得了这么一个优秀排长欣慰不已。

　　与罗排长处熟了，我渐渐发现他比一般年轻干部似乎更多了一层心事。一次晚饭后，我约他到山路上散步。他对我讲起了他的身世。他家住在鲁西南的大山里，父亲长年生病，家境贫寒。他从上小学起就一边读书,一边上山打柴换钱贴补家用,尝尽了人世的艰辛。参军后,他比常人显得更懂事,也更努力,天天铆在训练场上,经常一身汗水一身泥土。从参军第二年起,他年年被团里评为训练标兵,两年前又被组织保送进了陆军学院……

罗排长告诉我,他从小就梦想着当兵,他所在的小山村因为名额的缘故已经多年没走出去一个兵了,他当兵的时候在村子里引起了不小的轰动。一顿,又说:我到军校学习的消息,直到现在村里的乡亲们都还不信呢,就连俺爹也不敢相信。俺爹在信里说,军校里出来的都是军官,肩膀上都扛着星星,咱乡都还没出一个呢,你可别哄爹……说到这里,我和罗排长都笑起来。罗排长说,等我挂上了少尉军衔,一定到山下的县城照张相寄给俺爹,叫他老人家好好地高兴高兴。

那天散步归来,我从箱底翻出精心保存的一副崭新的肩牌,缀钉上少尉的星徽,送给了罗爱军排长。

就是从这时起,我内心深处也开始隐隐地有了一种期盼。我盼望着罗排长授衔时刻能快些到来。那是一个令每名军人都心潮澎湃的时刻。到那时,罗排长就会圆了他心中的梦想,就能为病中的父亲送去一份骄傲和慰藉。

我甚至跟连长提前商量好了罗排长的授衔仪式。

山风。红旗。队列。那将是一个隆重的仪式。我想。

时间一天天地溜走,转眼到了第二年的"五一"。我特意给团干部股去了个电话,对方说罗排长他们这批实习学员的任职授衔请示已经报上去了,要是没有特别情况,命令应该很快会批下来。这无疑是个令人高兴的消息。

按照惯例,连队节前这一天要会餐。司务长下山购买节日会餐食品时,请求连队派两名战士随他同去,以便返回时往山上背货。正在休息的罗排长主动请缨。然而,我们谁也没有想到,罗排长这一去,竟然再也没有回来。

他是被一名惯偷用匕首刺中心脏倒下的。倒地时还紧紧抱着歹徒的左腿。歹徒被擒获了,罗排长却走了。那名遭遇抢劫的中年妇女伏在罗排长身上痛哭失声:孩子啊你真傻呀,你犯不着救我哪,你醒醒吧……我和连里的干部接到噩耗赶往现场时,罗排长已经躺在了县医院急救室的病床上,一条惨白的床单严实地盖在了他身上。急救室外围满了群众,不少人都眼含热泪,焦急地盼望着……

整理罗排长身上的遗物时,我从他夏常服口袋里翻出了那副少尉军衔。军衔上,浸满了烈士殷红的鲜血。捧着这副军衔,我的泪水奔涌而出。我仿佛又听到了罗排长在说,戴上少尉军衔照张相寄给爹,叫他老人家好好高兴高兴。未承想,这却成了他永远也不能实现的心愿。

罗排长牺牲了。他的授衔命令最终也没下来。一个月后,罗排长的父母来到连队接儿子骨灰,我把那副少尉军衔一同交给了老人。老人离去的前一天,我和连长按照事先商量的计划,为罗爱军排长补办了一个授衔仪式。在冷峻的山峰前,我们全连肃立,"授予罗爱军同志少尉军衔……"我蘸泪的话音在呜咽的山风里久久回荡。

(原载 2005 年 10 月 31 日《解放军报》)

买花记

去岁入冬的时候，家里窗台上那盆已连续绽放了三年的君子兰遭了一场严霜，经过一冬煎熬，最终也没能缓过劲来，眼见着一天更比一天蔫了。我决定重新买一盆。

那天中午下班后，经过一条小巷回家，在巷子深处碰上一个卖花人。是个五十来岁的老汉，头发花白，脸上堆着很显眼的皱纹。他推的一辆平板车上摆着十几盆花，花叶泛着淡淡的嫩黄色，看样子都是刚从温室里搬出来的，在春阳下透着勃勃生机。"卖花喽！"老汉边走边叫卖。

我扫了那些盆栽花一眼，当即被唯一的一盆君子兰拽住了视线。那是一盆品种优良的君子兰，共有八个叶片，对称地均分两边，每个叶片足有四指宽，绿油油的。花盆里的土也很新鲜，细碎油黑，仿佛蕴藏着无穷的营养。

"这盆花多少钱？"我指了指那盆君子兰。

老汉住了车子，盯着我看了两眼。"你要真买，就便宜给你，"他略作考虑，伸出三根手指，"30块钱！"

不算贵！我心里说着，当即递去一张50元纸币。老汉从车上抓起一只黑色手提包，找出20元钱递给我。

我抱着花走出几步后，叫卖声又在身后响了起来。

阳光无遮无拦地洒进这条幽深的小巷里。春天的阳光出奇的撩人，风也柔和，走在这样的天地间，人的心情出奇的纯净和舒惬。我望望怀中的君子兰，想象着在又一个隆冬到来时，它也会像先前那盆一样，把一茎艳红的花朵和满室清香奉献出来，为我们冬的生活平添许多色彩。

"同志！抓住他——"老汉的声音再次传了过来，很急促。

我回头看时，只见一个干瘦的小青年正朝着我这边飞奔过来，而卖花老汉在后面叫喊着追赶。那小青年手上抓着一个黑色提包，我认得是老汉的包，他刚从里面为我找过零钱。

于是，我在巷子中间站住："把包放下！"

抢包的小青年似乎没料到有人拦截，有些慌乱，接近我身边的时候，扬手将黑提包砸了过来。就在我闪身躲避的工夫，他从我身边溜了过去，眨眼就蹿出了老远。

不过还算好，扔在地上的黑提包他没顾得上捡。这时，老汉气喘吁吁地跑到了我身边。我把提包递给他。老汉翻了翻，见里头的钱分文未少，一个劲儿向我道谢。

我一边客套着，一边抱起花盆准备回家。"同志，请你等等——"老汉伸手把我的花盆接了过去，返身从板车上抓起两条大塑料袋，把花盆装进塑料袋里。

我谢了，轻松地提着那盆花走了。

回到家，我发现花盆的暄土里埋着 50 元纸币，只有纸币的一个角露在外面。这令我有些大惑不解。但更令我疑惑的是，那盆君子兰竟然也越长越蔫，几天后连花叶都干枯了。妻觉纳闷，于是把君子兰从盆里薅出来一看，我们两人都怔住了：那棵君子兰根部光秃秃，竟然没有根须！

我突然明白了怎么回事，包括那 50 元钱。

（原载 2006 年 7 月 27 日《新疆法制报》）

快　门

　　老团长要回来看望大家！建军节前,这个消息在独立团一传开,立马让全团官兵心头像烧着了似的沸腾起来。

　　一大早,宣传股肖干事就摆弄起照相机。他领受了一项特别任务:为老团长拍照。肖干事自然知道这位红军老战士、独立团第一任团长回"娘家"的重大意义。他似乎已经看到,在庄严气派的营区门口,老团长钻出豪华小轿车,被鲜花、掌声和笑脸簇拥的镜头。他相信这是独立团历史性的时刻,几天后,这些照片会被放大,悬挂在团荣誉室里,承接着一批又一批参观官兵的崇敬目光。

　　为了拍好老团长荣归的镜头,肖干事这几天着了魔似的,端着照相机瞄了又瞄,把镜头擦了又擦,他甚至专门跑到营门口,从不同角度进行抓拍练习。尽管肖干事知道这些练习对于他这个有着四五年"拍龄"、曾成功为集团军好几名将军留下视察英姿的专职宣传干事不会有太大的作用,但他就是不能控制自己。要知道,老团长可不是一般的人物,他身经百战、出生入死,就连集团军现任的军长都是他一手带出来的兵呢。况且,他回团里还不得大车小车、前呼后拥!为这样的人物、这样的场面拍照,对肖干事来说是生平头一次,可容不得有丝毫的差池!

　　肖干事越这样想,就越感到心头有些紧张和兴奋,更多的是等待的焦灼和不安。眼看着建军节一天天临近,可团里还没接到老团长回来的确切时间。这两天,肖干事每天都要挎着相机去营门好几趟。一次，他远远看见一个车队在营门前那条宽阔的柏油马路上浩浩荡荡地开过来，心头嗖地紧了起来，两手不由自主地端起相机，右手食指习惯性地搭在了快门上。但肖干事很快就笑了，他看见一辆缀满鲜花的迎亲彩车，在十几辆豪华小轿车的簇拥下，正稳稳当当地拐下柏油马路，向远处的小镇逶迤而去。

转眼就到了建军节这天。老团长的车队终究也没能露面。肖干事隐隐感到有些失落。中午，机关灶会餐。因为下午休半天假，肖干事破例享用了半瓶啤酒，想不到竟有些醉了，回到宿舍里倒头便睡。迷蒙中，床头的电话铃响了，伸手一接，是政委打来的，声音听上去很急："老团长到了，你赶快到办公楼来照相！"肖干事仿佛被电打着了似的，一个激灵跳下床，提上相机就冲出了宿舍。

路上，他一个劲地自责，怪自己不该喝那啤酒，以至误了抓拍营门外热烈欢迎的场面。当老团长跨出小轿车的刹那，鲜花、掌声，还有官兵脸上由衷的崇敬与欢笑，如今这些画面再也无法在他的相机里定格了……肖干事无法原谅自己，但此刻他唯一能做的，就是脚下跑快一些。

拐过墙角就到了团部办公楼。肖干事看见办公楼前站着好几个人。除了团里的几名常委外，还有两名老者。居中的是个干瘦的老头，一头硬刷子般的银白短发，仿佛戴了一顶雪白的绒帽，他腋下挂着一根拐杖，蹬着圆口布鞋的左脚无力地斜吊着。他旁边站着一个同样清瘦、同样白发如银的老太太，正用双手牢牢地挽着他的胳膊。

那一定就是老团长了！肖干事的心嘭嘭剧跳起来，他忙向四周打量，噫！车队呢？陪同的人群呢？欢迎的队列呢？都没有，只有一辆红色半旧桑塔纳出租车静静地停在办公楼一角，司机懒洋洋地坐在车上悠悠地吐烟圈。

"小肖,还愣啥呢,快给我们和老团长合个影!"

肖干事一下醒过神来,连忙调整光圈、焦距。寸许大的取景框里,他看到老团长努力站直病躯,几名常委紧紧站在老首长周围,他们背后是广场上高高飘扬的国旗……肖干事感到眼眶一热,咔嚓按下了快门。

（作于 2008 年 7 月 20 日,此文未公开发表）

年夜岗

　　从军二十载,在除夕夜里有过两次站岗机会,都是零点到两点的时间段。一次在当新兵时,一次是提干以后。

　　先说当新兵时。那时我参军刚满一年,正在戈壁深处一座油库里服役,任务是在库区门口站岗。在日复一日上哨和下哨的单调重复中,迎来了那年的春节。这是我离家后的第二个春节,毕竟有了一年军营生活的历练,较之在新兵连度过的第一个春节,这个春节已不那么想家了。

　　然而,春节前几天,我的心里却不由失衡了。原因是我看到了连队那张排岗的表格,在除夕夜零点到两点一班岗的值守人一栏里,我的名字赫然写在上面。我顿时像受了委屈似的,直想掉眼泪。要知道,在除夕夜,零点到两点这个时段最紧要,我家乡胶东一带的人们将这个时刻称作‘年五更’,是举家团圆、辞旧迎新的时刻,所谓"一夜连双岁、五更分二年",就是指的这个时间段。

　　一想到在这个特殊的时刻,当普天下的人们举家团圆吃着年夜饭,欣赏着漫天炸开的烟花爆竹,欢声笑语辞旧迎新之时,自己将要在哨位上度过这个"年五更",将要置身在空旷寒冷的戈壁夜空下,用站岗的方式辞别旧岁迎来新年,我心里就觉得难过。自己的运气怎么这么差!

　　难过归难过,岗照旧要上的。然而没想到的是,除夕夜的电视新春晚会还没开幕,连长宣布了一个消息:"今天晚上的岗,由我们几个连队干部全承包了，大家踏踏实实在家看电视、迎新春！"起初我疑心听错了，当看到身边战友拼命鼓掌欢呼时，才知道没错，"年五更"的岗的确不用我去站了！那一刻，我的巴掌拍得比谁都响。

时光在愉快的新春旋律中过得飞快。悠扬的新年钟声敲响了。荧屏上，晚会现场的人们沸腾起来。围在电视机前的我们也沸腾了。战友们欢呼着冲出房间，点燃了大红的鞭炮。一时间，那红红火火的鞭炮声，连同我们对故乡亲人的思念和祝福，一齐在"年五更"夜空中飞扬……在烟花爆竹映亮夜空的刹那，我全然没有想起替我站岗的连长。更不知道在"年五更"夜空下，他有如何感想，有没有想家？有没有想他的刚牙牙学语的女儿？我都不知道。

第二次站年夜岗，是在相隔8年之后，我在一个飞行部队的警卫连里担任指导员。那年的春节，针对连里独生子兵多，连队作出一项特殊决定，由我们连队干部包揽了除夕和初一两天的岗，让小伙子们快快乐乐过年。连长站零点前的一班岗，我站零点后，也就是被我故乡称作"年五更"的这一班。巧了，被我替岗的也是一个新兵，甘肃籍的小伙子，有着一张红扑扑的娃娃脸，像个大孩子。

除夕夜，我踩着冰硬的积雪走上哨位时，离新年的钟声敲响还差半个小时。连长一个劲地怪我来早了。而我知道，此刻，连长的爱人和儿子正在连部巴望着他呢。娘儿俩千里迢迢从安徽来到部队，指望着一家三口在连队过个团圆年，在这万家团圆的时刻，怎能让他们失望呢！

从连长手里接过钢枪，接下来的时间，就只有我和停机坪上的战鹰了。战鹰无言，在清冷的夜空下，它们泛着冷幽幽的光。我的心里却在不住地翻腾，我想起了当新兵时的那个年夜岗，想起了在哨位上替我站岗的老连长。

零点整。旧岁和新年就在这一刻隆重交接了。我看到远处的城市上空，七彩的焰火在欢快地舞蹈，鞭炮声清晰地传入我的耳鼓。过年啦！我在心里欢呼起来。这时，从连队驻地也传来了战友们的欢呼声，接着便是一束烟火嗖地跃入夜空，嘭地炸响开来，空中撒满了细碎的烟花。虽然相距一里多地，但我真切地看到了被烟花映亮的那一张张笑脸，感受到了那一颗颗欢快跳动的心……这一刻，我恍如感到时光倒流了回去，仿佛站在 8 年前的那个年夜岗上的就是我。我想我已然理解了那时那地的连长的心境。

　　后来，我调进了一个军机关，从那以后再也没在"年五更"夜里站过岗，但是我时时想起被连长替岗和替战士站岗的经历，想起来心里就漫上一层暖融融的滋味。

　　　　　　　　　　　　（原载 2007 年 2 月 27 日《解放军报》）

春

在隆冬里行走

我栖身的这座城市的冬天,是别有些模样的。灰褐色的雾霭宛如在城市上空高高撑起的棚布,密密实实地罩住了城市上方的蓝天。大多的日子里,我们就在这巨大的棚布的笼罩之下,继续着各自的各式各样的日子。

尽管难得一见的是那些碎金一样倾泻而下的阳光,但人们心头的阳光并未黯淡,相反,在那些奇寒的雾气缭绕的早晨或傍晚,我见到很多的老者或将老者们,揣着心头的阳光,在避风的空地上自由伸张着生命的活力。从他们宛如水洗的双眸里,我读到了一种自信,一种从容,一种温暖。我知道,那都是由心底自然生发的一种生命激情。

富有激情的,还有那些像我一样健壮的身体们。他们拥有着像他们的身体一样朝气蓬勃的名字:青年。在寒冷的街路上走着,青年就是午后升腾的太阳。他们的衣装单薄而新异,身上透出青春的肌肤的纹理。他们的周身萦绕着腾腾的青春的气息,那气息融化了悠然飘落的雪花。

最无视寒冷的,要数得上孩子们了。孩子们最为娇嫩的肌肤却是最不怕冷寒的,在每一个呼气成冰的早晨或傍晚,我看见他们跳动在通向幼儿园的冷且硬的覆满白雪的水泥路上,他们的妈妈或爸爸或祖父母外祖父母们,一律罩了厚实的羽绒衣服,寸步不离地在后面追着。孩子尽管也穿着羽绒服,却不愿被裹束,要么是扣子开着,要么是绒帽子在小手上提着。他们在冷且硬的路上跑着跳着唱着笑着,小脸绯红,仿佛熊熊燃烧的炭火的颜色。

我喜欢在这样的日子里把自己投进寒冷的怀抱。走在这个城市的街巷,你无须去理会那灰褐的天空,那样你的心胸便会无限开阔;你也无须为脚下的黑灰的雪皱眉,那样你的目光所及之处便不会有烦恼。只管往前走,目光平视着,你便会看到这样的生活的景象——匆匆的脚步,匆匆的话语,匆匆的人流,匆匆的世界。一切都在匆然中发生着变革。一切都在改变中述说着匆忙。是的,匆忙。

匆忙的人流里,我看到了这样的景致。这是午后的难得有阳光的时刻,在背风的墙角,两人在下棋。棋盘是用砖头在地面上画下的线格,棋子则是随手捡拾的石子。两个人都是异常地专注,他们的身后,各停着一辆板车,车上整齐地码着破纸箱旧报纸。印象中,他们都是收入贫乏的苦力人,他们身上罩着暗旧油腻的大衣,脸上似乎永远写满疲惫。但眼前这两人,却把我的印象改写了。他们的过活虽不富足,却充满了恬然的气息,像这午时投下来的难得的阳光,并不暴烈,并不寒冷,是悠然的舒惬。

于是又看到了街畔摆摊的小贩。即便在冷彻髓骨的日子里,他们依旧坐在摊子的一角,身前笼着一桶炭火,互相毫无顾忌地说笑,间或将一两个冰冷的橘子瓣扔出一个浅黄的弧线,嘴巴夸张地咧开接了,粗鲁地咀嚼起来,眉里眼里便透出橘的香味来,透出来的还有满足。他们的困顿的生计里,因了这些小把戏们,变得富有滋味了起来。

忽然想起了先哲的话,生活乃诸般滋味的混合。匆匆中,也须含着散漫和无拘,谓之曰张弛有道。我以为这便是切实的人生图景。倘若只是一味地匆匆而去,纵使远远地领在别人头里,却未必是好。正如一部机械不停地运行,终有劳困磨损之时,倘舒缓节奏,作息得当,运行时日定会得以延长。人生亦然。毕竟,都有百年光景,要走的路很长很长,不是匆匆就过去了的。不妨学学收废品者和街头的小贩,匆匆中,别忘记休歇一下疲乏之躯。

在隆冬里行走。你会发现,我们的这个难得一见阳光的城市,其实挺好!因为,那阳光就揣在每个人的心头。

(原载 2008 年 1 月 17 日《新疆日报》)

难忘那年中秋夜

  又是一年秋月圆。仿佛转眼工夫，我在边疆军营里度过了二十个中秋节。差不多每个中秋节到来时，我们部队都要举办赏月活动，战友们或对月吟诗，或军歌联唱，用军人特有的方式欢度这个万家团圆的节日，抒发对故乡亲人的思念之情和为国戍边的豪迈之感。我感到每一个节日都过得充实又富有意义，都是那么令人难以忘怀。而最使我难忘的，还是那年在部队的农场里过中秋的情景。

  那时我参军不满三年，正在准噶尔盆地北缘的一个部队农场里服役。在日复一日的繁忙劳作中，那年中秋节如期来到我们身边。这个时节，农场进入了短暂的赋闲期，稻田里暂时没了活计，遍地稻穗都垂着沉甸甸的脑袋，单等成熟后开镰收割了。中秋节这天，场长决定举办一次中秋赏月晚会，让战友们好好过一个愉快的节日。

  赏月是个挺雅致的事儿。参军前，每到中秋节，只要老天允许，我们全家人都会团聚在圆月下面，品着月饼话家常。眼下在农场赏月，沐着田野的清风，嗅着稻穗的醇香，一群青春士兵在月光下尽情歌舞，该有多惬意！

  夜色罩了下来，月亮悄悄升起来了。我们在稻田边燃起一堆篝火，战友们围着篝火席地而坐，每人面前都摆着月饼，还有我们自己种出的西瓜和哈密瓜。场长第一个登台献艺，是马三立老先生的一个单口相声。谁料，还没讲到抖包袱的地方呢，大伙的巴掌就忍不住拍了起来。

　　不过巴掌不是为场长的表演拍的,而是为了驱赶成群结队的蚊子。我定睛一看,呀,夜空中,蚊子正在毫无章法地盘旋着,我们每个人的身边也都聚集着黑压压的一群蚊子! 蚊子们嗡嗡地叫唤着,敢情也来凑热闹参加赏月晚会。

　　准噶尔盆地北部地区素有"小江南"之称,这里的农民也是以种植水稻为主。水田纵横,气候潮润,蚊子被稻田里的污水养大,一只只又肥又壮实,身上披着斑斑点点的花纹,专在天黑后出动,叮到人身上立马就会起一个大包,奇痒难耐。这次赏月晚会开始之前,大伙儿都光顾着高兴了,结果把防蚊的事儿给忘到了一边。由于蚊子的捣乱,现在看来,我们的赏月晚会很可能要半途夭折。

　　蚊子在肆虐地进攻。场长说:"咱革命军人,连牺牲都不怕,还怕几个小蚊子不成! "于是,在蚊群的包围下继续表演节目。然而场长的节目刚刚过了一半,就开始在台子上手舞足蹈起来,一会儿拍打左脸,一会儿又在右腮上来一巴掌,根本就不能正常表演下去。我们这些观众也是两手不停地舞动,一腔心思全放在了对付捣乱的蚊子上。

　　"别在这儿喂蚊子了,快撤哪!"场长一声号令,战友们赶紧撤进了宿舍。最后,我们躲在蚊帐里,伴着从窗户里流进来的月光,把这个赏月晚会进行到了最后。

　　　　　　　　　　　　　　(原载 2006 年 9 月 18 日《解放军报》)

关键时刻推一把

参军前，我在家乡务农近一年。一次，推着独轮车往地里运送土肥。路程不远，但中途有道土坡，颇陡，须提前发力，才能一鼓作气冲过去。最后一趟爬土坡时，耗尽了力气，在距坡顶仅一步之遥处，独轮车僵在那里，凭我个人气力实在难以推过坡顶了。就在这时，本村一位大叔由此路过，伸出右手推了一把。他用力并不大，但受到这股外力作用，我毫不费力将独轮车推上了坡顶。

看来，在两股力量僵持的关键时刻，施加给任何一方的外力都会产生明显效果。独轮车僵持在斜坡上，若不是那位大叔援手相助，小车无论如何也难上到坡顶；如果他使出相反力气，我肯定会连人带车退到坡底。可见，在进退去留的关键时刻，推一把显得何等重要，何足珍贵！

在我们身边，类似这种推车爬坡的"关键时刻"无处不在。比如考学晋升、立功受奖、批评处分等，都能使官兵们面临到"关键时刻"的考验。有的人落榜后会出现徘徊，有的受到处分后能产生失意，也有的立功受奖后滋生了骄傲自满的情绪。在这些关乎进退的紧要时刻，当局者就像被僵持在斜坡上的独轮车，特别需要有人能够往前推上一把，从而越过"坡顶"。因此，作为带兵人，要善于把握住这些"关键时刻"做工作，在部属需要的时候能够及时推上一把。无数的实践已经证明，这种在"关键时刻"推一把的工作方法，往往具有极佳的效果。

"关键时刻"推一把的成功例子不胜枚举，笔者就是其中的受益者。十多年前，笔者在某部政治处帮助工作时迷上写作，然而勤奋地写了一年，投出去上百篇稿件，皆泥牛入海。身边的战友对我说：你根本不是"爬格子"的料，还是趁早放弃吧！经历了无数次失败的打击，也彻底击碎了我的斑斓梦想。就在我苦恼地要与写作"拜拜"的时候，政治处徐良主任却鼓励我不要轻易放弃，要坚持写下去。徐主任的一番鼓励无异于及时推了我一把，使我的力气大增，最后非但没有放弃喜爱的写作，反而逐渐写出了名堂，如今已有 620 余篇稿件被采用，被驻地两家省级报纸聘为特约记者，两次荣立三等功，并成为部队的专职宣传干事。试想，在我放弃写作的"关键时刻"，如果没有徐主任及时推一把，那么也就没有后来的这一切。

人生由许许多多"关键时刻"组成，从而使人生显得更加丰富多彩，也使人生充满机遇和挑战。有的时候，处在"关键时刻"的个人因种种原因难以取舍去从，作为其领导或者同事、战友当及时出手相助，切莫冷眼旁观看热闹。总之，只要大家相互之间多帮助，"关键时刻"彼此推一把，就一定会共同进步，谱写出更加辉煌的人生。

（原载 2002 年 10 月 12 日《空军报》）

母亲的电话

　　母亲最终决定在家里装一部电话，是在北京和新疆两地工作的大哥、小弟和我三人苦劝的结果。在这之前，虽然村中多数人家都装了电话，但母亲却不舍得花这些钱。

　　电话装好的当天，三弟把这个消息越过万重关山写在了我的传呼机上，并留下了电话号码。我当即拨通电话，很快，母亲亲切的声音传进了我的耳朵里。尽管新疆乌鲁木齐与山东高密远隔万里，可我还是真切地听到了母亲慈爱的笑声。母亲又高兴又遗憾地说，你的声音听上去就像在身边，只是见不到你的人，也不知道长胖了还是瘦了。

　　自从家里安装了电话，母亲每天的生活便变得忙碌起来。听三弟讲，以前没装电话时，母亲每天都在巴望着我们的信，现在有了电话，她老人家每天都要坐在电话机前等一阵子，就算正做着事情，也总要留神听电话铃声，免得接不上我们打回家的电话。去别人家串门时，母亲也总觉得有心事，直到回家守在电话机前，心里才安稳下来。

　　尽管天天盼着我们的电话，但每当电话拨通了，母亲却总要给我们限制通话时间，怕时间长了多花钱。每次，我与母亲通话刚满10分钟，母亲便商量着说，今天就先说到这里吧，别花太多钱了。我说这是用 IP 卡打的电话，很便宜的，每分钟才几毛钱。母亲便说，几毛钱也是钱哩，还是省下那个卡子多打几回吧，于是硬催着我挂掉了电话。这之后,我每次打回家电话,总说不到 10 分钟,母亲便商量着催促我:就说到这里了,行吧? 你的话娘也听到了,娘的心里也觉着踏实了,还是快挂了吧。

虽然常打长途电话的的确确要多花费一些钱,但对于年事已高的母亲来说,我们付出的这点点钱却能给她老人家带去莫大的幸福和欢乐。电话已经成了母亲思念远方儿女的精神寄托。每当接到大哥、我和小弟从各自居住的城市打回去的长途电话,母亲一整天都会乐呵呵的。然而一旦较长时间接不到我们的电话,母亲便会心神不宁起来,反复念叨着:到底怎么了,是不是生病了? 是不是出差了?

为了让母亲少一份挂牵,更重要的是为了安慰母亲那颗年老孤独的心,在遥远的边疆军营,无论多忙,我都坚持半个月打一次电话。尽管每次与母亲通话不过十几分钟,但对于难以团聚的母亲和我来说,这就是最好的相聚了。

因为有了电话,我和母亲相隔虽远,却又很近。

(原载 2001 年 11 月 16 日《都市消费晨报》)

少年的月饼

中秋节临近,边城街头再度飘起了月饼的香气。望着那些圆如满月的喷香的月饼,我不由得想起 20 多年前的那个中秋节,想起母亲亲手为我们烙制的那些月饼。

那年我 12 岁,正是不识愁滋味的年龄。一进入农历八月,随着天气逐渐转凉,父亲的肺病加重了,家中到处都充满了父亲沉重的咳嗽声。为了给父亲治病,我们家到处举债,已经欠了邻居家几百元钱。就是在这种极度艰难的日子里,那年的中秋节悄然来到了我们身边。

尽管家贫至极,但年少的我仍旧强烈地希冀在这个月圆的节日里,能够吃上一个香喷喷的月饼。我实在难以想象,没有月饼的中秋节对一个乡村少年意味着什么。

这天,在我渴盼的目光里,村代销社的代销员挑着两箩筐月饼,颤悠悠地回到了村中那个仅有一间门面的代销社。往日冷清的代销社热闹起来。我缩在代销社柜台旁边的角落里,看着左邻右舍家的婶子大娘们都捏着粮票和几张角币,笑滋滋地进来,又笑滋滋地走出去,她们的手上都拎着一个纸包,月饼油洇湿了粗劣的包装纸。

我眼巴巴地盼望着在这些购买月饼的人群里,能够突然出现母亲的身影,我期盼着母亲也像那些婶子大娘一样,掏出粮票和角币,拎起油湿了包装纸的月饼,慢悠悠地走出代销社的门。然而,直到最后一块月饼被别人买走,也没见到母亲的身影。那一刻,我感到眼睛涩涩的，想哭。

走出代销社的大门，浑圆的月亮已经浮起来了，村街上缭绕着厚重的炒猪肉和月饼的香气，家家户户都已经开始过节了。我却没有回家。我站在村街上，头顶着那轮皎洁的圆月，任失望的情愫在心间蔓延，任眼泪在脸上悄悄地流着。

这时，传来了悠长的呼唤我乳名的声音。是母亲叫我回家吃饭了。当我推开沉重的院门，不由得愣住了——

树影斑驳的小院里，端端正正地摆着饭桌，几碗青菜正冒着香喷喷的热气。令我更加惊喜的是，竟然有半面盆月饼！一只只圆似皎月，香气浓郁。这些月饼，是母亲收工回家后，顾不得休息，用粗细面粉、糖精、花生仁做原料亲手烙制的……那个中秋夜，我们一家人也终于能围坐在饭桌旁，品着月饼赏月了。尽管依旧望不到清贫日子的尽头，但在这个月圆的节日里，我们家的月亮也像普天下所有人家的月亮一样，分外皎圆，分外秀美。

直至今天，我仍然时常想起这个难忘的中秋节，想起母亲烙制的那些月饼，想起来心头便暖洋洋的。在那些困顿的岁月里，正是母亲亲手烙制的月饼，给我们带来了无尽的温馨和希望，使我的少年时光过得温暖、充实……

（原载 2002 年 8 月 29 日《乌鲁木齐晚报》）

不准抽烟

"不准抽烟！"6岁半的女儿往我面前一站，小手在我鼻梁前一点，小嘴巴一撅，对我发布了这道号令。

我连忙遵令，把刚点燃的半截香烟往茶几上的烟灰缸移去。女儿见命令奏了效，便不再满脸严肃地站在旁边监督我，嘟囔了一句"老是不听话"之后，埋头忙活起自己的手工制作来。趁女儿不注意，我连忙把触到烟灰缸的香烟缩回来，狠抽了两口，这才恋恋不舍地掐灭了。

从事文字工作十余年，香烟陪伴了我十余年，从最初每天抽半包发展到现在日抽一包多，尽管一口气能列出几十条抽烟的危害，但实在戒不掉，尤其夜间爬格子，要是没有香烟激励着，脑子立马变得混混沌沌宛如一块木头，这种状态自然写不出东西，没辙，只好一支接一支熏烟。

成家后，妻开始着手修理我抽烟的毛病，制定了一系列措施，但效果都不甚理想，反而培养锻炼了我的"地下工作"能力——在家里特别是当着妻的面不抽烟，背地里却是另一副嘴脸。后来，宝贝女儿降生，妻把心思全部转移到照顾女儿上面，我才得以从"地下"解放出来。

大约从去年开始，正读幼儿园中班的女儿已经成长为我们小家庭领导班子里的一员，被两名领导管束着，我这个一般群众的日子可就有点不大好过了。这不，星期天到了，趁妻外出买菜，我连忙放下书,点上一支香烟。正在客厅里做作业的女儿闻到了臭烘烘的烟味,跑过来对我批评道:"抽烟有害,你难道不知道吗?"我说:"老爸打开窗,让烟跑出去还不行么。"女儿一脸认真地说:"那也不行,烟跑出去会污染外面的环境!"我算是一个比较听话的群众,面对领导批评,只得乖乖地执行命令。

今年初秋,女儿升入小学一年级,说话、做事已经挺像个小大人了,经常对我不按时洗澡之类的小毛病横加批评,特别是治理我抽烟喝酒的坏习惯力度越发大了。就在前几天,女儿放学一回到家,就趴在桌子上埋头写起来。我正为女儿自觉写作业的成长进步暗自高兴呢,一会儿,她拿着几张纸片来到我面前,我一看傻了眼:纸上都画着一个不算圆的圆圈,圈里画了一支冒着烟的香烟,一条粗黑的斜线把圆圈分成两半,天哪,竟是一个禁止吸烟的标志!

接下来,女儿将她画的几张禁烟标志贴起来,尤其是卫生间和书桌周围的墙壁上,成了重点张贴对象。每当我又叼起香烟,目光接触到那些标志,便宛如看见了女儿生气的小脸,听到了女儿在说:"没看见不准抽烟吗?"

唉!看来,当烟民的日子恐怕要就此打住了。

(原载 2002 年 10 月 29 日《新疆广播电视报》)

节日礼物

　　"六一"儿童节是属于孩子们的节日,我和妻从告别小学那年起就已经跟这个节日彻底拜拜了,但想不到20多年后的今天,当了爹妈的我们又跟着女儿一块过起了"六一"儿童节。

　　不过我们的"过节"可没女儿那么轻松。从上幼儿园小班起,正在一年比一年长大的女儿,身上似乎焕发出无穷的玩的热情,小脑袋里整天装着一个"玩"字。特别是"六一"儿童节放假后,要么去儿童公园,要么过水上乐园,划小船荡秋千玩冲浪开碰碰车,简直快玩疯了。为了陪着女儿在这个属于她自己的节日里尽情玩耍,我和妻每年都会累得腰酸背痛。

　　去年"六一"儿童节,女儿已经是小学一年级的学生了。"六一"前两天,女儿高兴地回家说:班主任老师说了,"六一"要放一天假,她不给我们布置作业,让我们好好玩一个"六一"!我和妻自然又要沾女儿的光,准备陪着女儿继续过儿童节。但不同于过去的是,女儿这一次没有事先缠着我们讨价还价,在带她去什么公园玩上较劲,而是郑重其事地提出一项议题,为了庆祝"六一"儿童节,希望我们家每个成员都要互相赠送节日礼物。

　　别说,这个创意不错!我和妻对已经成为小学生的女儿的表现,从内心感到欣慰。看来,小女已经懂事了,知道送礼物给爸爸妈妈了。接下来,我们家庭的每个成员开始分头行动起来,悄悄准备着互赠的礼物。

节日前一天晚上,妻捧出了一条漂亮的花裙子,女儿欢呼着接过去;我给女儿送上了两本童话故事集,女儿搂在怀里也是爱不释手。我们的礼物都送出去了,可是,女儿却迟迟不肯展示她送给我们的礼物,说是要等到节日当天才肯拿出,否则这份礼物就没有意义了。

第二天晚上,当我们从公园回到家后,我和妻都倒在沙发上不停地捶打着酸胀的双腿,女儿却蹦蹦跳跳地钻进了卧室。不一会儿,她双手捧着一幅画来到我们面前:"这是我送给老爸老妈的节日礼物。"

我接过来一看,原来是一份女儿自己动手精心制作的节日贺卡——蓝天白云下的草地上,写着"爸爸"、"妈妈"的两个小人儿拉着手在草地上散步,长着胡须的太阳公公笑眯眯地看着他们。画面的空白处用水彩笔歪歪扭扭地写着一行字:"祝爸爸妈妈节日快乐!"

我和妻看着女儿,一天的疲惫顿时烟消云散。女儿终于长大了。

（原载 2004 年 3 月 16 日《都市消费晨报》,略有改动）

边关月儿圆

又是中秋节。十五的明月再一次照亮了边关。我不由得想起1987年秋在戈壁军营里过第一个中秋节的情景——

那是一个晴美的夜晚,暮色降临,圆月初升。在空旷寂寥的戈壁滩上,指导员带着我们燃起一堆篝火,围在篝火边唱起《十五的月亮》。"十五的月亮,照在家乡照在边关,宁静的夜晚,你也思念我也思念……"没有谁号召,也没有人指挥,同一首歌,竟然被我们接连唱了十几遍。委婉动人的歌声,在秋夜的戈壁滩上飘荡。

这是我生平第一次在距家万里之遥的边疆军营里过中秋节。相同的秋夜,相同的月亮,唯不同的是月下一身戎装的我和那一颗浸泡在思乡情海里的心。那晚,吟唱着那首传情的《十五的月亮》,凝视着远天上皎洁的圆月,我泪流满面。

夜里,我被一个思乡梦魇催醒,蹑手蹑脚爬起床,披上衣服,悄悄来到了营房前的空地上,沐着月色,想家。

不知过了多长时间,一个身影默默站到了我身边,借着明亮的月光,我这才发现来人是指导员。只听指导员说:"今晚的月亮很美,我陪你一块赏月吧。"

我再一次抬头望那圆月。月亮已经跃上头顶,正无声地望着我和指导员。月光清柔如水,洒在我们翠绿的军装上,洒在空旷的戈壁滩上,宛如铺下一地透明的轻纱。

"我当新兵的时候,也曾像你现在这样。"指导员望着月亮,继续说:"不同的是,那时候,我父亲已经卧床不起了,他来信说想让我回家过个中秋节……但就是在中秋节那天,父亲去世的电报到了我手上……"月光洒在指导员黑瘦刚毅的脸上,我看见两条泪痕无声地滑落下来。

指导员说:"十几年了,我没见过家乡的月亮。"说到这里,指导员轻轻哼起了那首《十五的月亮》。透过那深情动人的旋律,我知道,此时此刻,指导员一定又想起了他山东农村的故乡,想起了那个魂牵梦绕的小村庄。

过了一会儿,指导员又说:"家乡不见边关月,边关圆月照家乡。这些年来,我经常这么想,母亲在遥远的小村里看到的那轮月亮也一定是这么圆,这么亮。对于母亲的儿子来说,这就是我在中秋节献给母亲的最好礼物!"

"家乡不见边关月,边关圆月照家乡。"指导员巧改古人的诗句,不经意间已牢牢地刻在了我的脑子里。是啊,故乡与边关,擎的是同一片天,赏的是同一轮月,但是正因为有了戍边将士置身于万里边关地,深情地捧出一颗浑圆安宁的边关月,长天才会皓月当空,普天下的母亲们才会拥有幸福安详的团圆日子……

转眼,我在边疆军营里度过了十六载光阴。十六度花开花落,十六个中秋月圆,我由战士而干部,履历表上的经历在渐渐加厚,生命的年轮在不断增长,唯一没有改变的,是我对边关月的那份痴情和忠诚。十六个中秋节,我在边疆军营里度过;十六轮中秋月,我沐着它的辉光走向成熟。

今天,又一轮圆月从我们的手中托举而起。

我知道,我仍旧会泪流满面。是因为自豪。

(原载 2002 年 10 月 3 日《解放军报》)

老崔帮厨

"五一"大假的头一天,三连新兵小崔的父亲老崔来到连队看望儿子。正巧碰上连队中午会餐,小崔被派到炊事班帮厨了。连长说:"我派人把小崔叫来,您好不容易来一趟,爷俩好好聚聚。"老崔连忙摆手:"别别,还是我去炊事班吧,一则看儿子,二则我炒菜的手艺还不算太孬,打个帮手。"说罢,不顾连长挽留,直奔炊事班。

老崔进了炊事班一看,嚯,七八个兵各司其职,切剁洗炒蒸煮炸,干得热火朝天。正趴在水池上洗菜的小崔抬头望见老崔,乐了:"爸爸,您怎么来了?"老崔冲儿子摆摆手,没接他的话茬,却说:"哪位是炊事班长,也给我老崔派点活儿。"炊事班长劝道:"崔叔,这活您可干不惯,又脏又累。"老崔说:"我也当过兵,干了四年炊事员,不信,问我儿子。"小崔说:"就是班长,我爸炒菜可香着呢。"炊事班长这才眨巴眨巴眼说:"您要真不嫌累,就帮我们掌大勺吧!""得令!"老崔给炊事班长敬了一个礼,脱掉夹克,系上围裙,走向三尺锅台。

还别说,看来老崔真是个不错的厨师,虽说炒的是大锅菜,可炒出来的菜个个色香味俱全,在场的兵们谁尝了谁夸好。炊事班长说:"崔叔,您这手艺,要到餐厅里干准是把好手。"老崔把最后一道汆牛肉丸子下了锅,边洗手边说:"不行啦,多年不干这行,手都生喽!"

会餐开始。当10冷10热20个大盘刚摆上餐桌时,团参谋长的小车吱地停在了饭堂门口。参谋长是来连队检查节日战备值班的。连长、指导员连忙跑出去,把参谋长请进饭堂。百十号人齐刷刷地起立,等待着参谋长讲话。

不料,参谋长开口却说道:"师长,您来了……"紧接着,参谋长"啪"地立正,朝老崔敬了一个军礼,之后高声宣布:"同志们,这是咱师新到任的崔师长!"

师长?!饭堂里顿时鸦雀无声。数炊事班长的嘴巴咧得最大,心里还不住念咕:我的天,师长今天帮俺掌勺!

崔师长招呼大家都坐下后,点着参谋长的鼻子,笑眯眯地说:"你这同志来得也巧也不巧。巧的是,我们刚把这大盘大碗端上桌,被你赶上了,说明你口福不浅呢。不巧的是,我本来想安安静静地看看儿子,跟连队的小伙子们喝两杯啤酒,你这一来却把我的老底给抖落出来了。看来,这罚酒两杯你是逃不掉了。大伙说,是不是呀?"

"是——"全连官兵众口同声,紧接着又都开心地笑起来。笑声溢满了整个饭堂,一直持续了很久、很久。

(原载 2002 年 9 月 9 日《解放军报》)

五分压岁钱

　　给长辈磕头拜年是我故乡早些年的习俗。大年初一这天，人们穿上干净衣裳，成群结队，互相登门拜年。长辈中的老人端坐土炕正中，小辈们在炕前跪倒，头伏地，仰起时把祝福的话语一气讲出。在这些拜年的人群里，最积极最高兴的要属小孩子们了。他们不仅有新衣服穿，最主要的是给长辈磕头拜年，还能得到几毛钱的压岁钱。

　　记得我上小学一年级那年春节，村里岁数最大的六公已经病得不行了。六公无儿无女，靠"五保"生活。上世纪七十年代中期，生产队很穷，只能勉强供应五保户们的日常粮菜，另外没有一分钱给他们零用。也正是这个原因，除了大人们以外，小孩子一般都不大愿去给六公磕头拜年。

　　父亲说，你六爷爷恐怕熬不出这个正月了，他平时最喜欢孩子，去看他一眼吧。于是，我就跟在父亲身后来到了六公家。六公平静地躺在炕上，已经不能说话，也不能坐立了。父亲拉着我跪在炕前地上给六公磕头。我学着父亲的样子，两手伏在地上重重地磕了一个响头，抬起头时嘴里大声念叨："六爷爷过年好，给六爷爷磕头啦！"

　　奇迹突然出现在我们眼前。不知六公哪来的力气，突然坐了起来，睁着一双枯瘦的眼睛望着我，他的干瘪的嘴巴一张一合，似有话说，却最终什么也没讲出来，复又跌倒在炕上。我从未见过如此苍老骇人的六公，便紧紧偎在父亲身后，不敢多看一眼。父亲劝六公躺好，但六公并未静下来，伸出一只干柴般的手在脏乱的炕上到处摸索。过了一会儿,他伸过来手,掌上竟然躺着一枚5分钱的硬币。

我不敢伸手去接那枚如同六公手掌皮肤一样颜色的硬币。父亲说,你六爷爷给的压岁钱,拿着吧。我这才战兢兢地接过来。六公像完成了一桩心愿,脸上浮起欣慰。

当天夜里,六公就去世了,享年86岁。村里的大人们说,六公也算得上是圆满了,毕竟过完了这个新年才上的路。那枚硬币我一直没花,后来不知遗落在了何处。

一晃20多个春节过去了。生活发生了巨变,故乡拜年磕头的习俗已不再,唯有压岁钱一路涨了下来。望着孩子们用木然的表情接过的那些50元、100元面值的纸币,我总会想起六公托着的那枚硬币。虽然只有5分钱,但它给予我的心灵震颤历经了20多年的风风雨雨,至今犹在。那是一位临终老人给予一名懵懂少年的祝愿,值得我一生铭记。

（原载 2004 年 2 月 5 日《都市消费晨报》）

牵 挂

刚吃罢晚饭,电话铃响了。

电话是远在山东老家的母亲打来的。

这些年,为让农村老家省点电话费,我差不多间隔七八天就跟母亲通上一次电话,而从不让家里人花钱往我这边拨长途。但今天母亲给我打来电话,我想一定是有什么急事。

正猜想着,只听母亲在电话里着急地说:"都半个来月了没接到你的电话,莫不是身体不舒服……"

母亲急急忙忙打过来长途电话,原来是为这。我的心里顿时充满了愧疚。这段时间,因为懒惰,没有及时给母亲去电话,没想到令她老人家担心起来。只听母亲在电话里说:"出门在外,可别苦着自己。觉着哪里不舒服了快去医院看,千万别拖……"

我说:"您只管放心,我都三十好几的人了,会注意的!"母亲说:"你从小就大大咧咧的,不嘱咐你,我心里放不下!"见我认真答应下来,并一再保证记住了这些话,今后一定注意身体,母亲这才放心地挂了电话。

坐在沙发上,燃起一支烟。回想着母亲的叮咛和嘱咐,我的心里装满了温暖,不由得又想起在镇中学念书时的一段往事——

镇子离家 3 华里远,中间要穿过一条柏油马路。每天早上离家时,母亲都要反反复复地叮嘱:"过马路时一定要当心!"我当时已经十几岁了,虽然满口应承下来,却并未记在心上。一次,与几名同学比赛过马路。见一辆汽车风驰电掣地驶近了，我们恍如被狗儿撵着的兔子，从路这边向路那边冲去，惹得司机从车窗里伸出脑袋冲着我们破口大骂。我们几个不以为然，反在路边高兴得手舞足蹈，宛如刚刚完成了一件了不起的创举。想不到的是，这件事被同村的一个女生告诉了母亲。当天晚上，我的屁股上结结实实地挨了几巴掌，直到我哭着保证以后再也不敢了，母亲这才罢了手。但母亲却并未放下心来。此后的日子，我上学时，母亲都要一步不离地跟在旁边，直到我彻底改正了毛病……

总是放不下那份殷殷的牵挂，总是为子女安危担心，总是想着子女唯独忘了自己，这就是母亲。记得我刚参军的前几年里，在每月一封的家信上，母亲都要反复叮嘱我注意身体，千万吃好喝好睡好。我当时并未理解这些叮嘱的含义，只是觉得我的母亲真是唠叨。如今，我的女儿已经长到了 7 岁，我开始真正理解了为人父母的那份独特的情怀。

这些日子，我的耳畔始终萦绕着母亲絮叨的叮咛。我知道，在母亲眼里，我始终是她的永远也长不大的孩子，即使我成了人成了家，即使我为了人之父，即使我慢慢地衰老起来，母亲都会没完没了地为我操心，都会丢不开她的那份殷殷的牵挂。

而作为子女的我们，给予母亲的又有多少呢？

（原载 2003 年 8 月 20 日《都市消费晨报》）

踢了上司一脚

　　平时在办公室里忙完正事,同事当中要好的哥儿几个总要放肆一阵,互相你踢我一脚,我捣你一拳,都是象征性的,不疼也不痒,这已经成为我们差不多每天都要习练几次的日常事务了。

　　然而那天我却走了眼,一脚端到了上司的屁股上。

　　事情的过程非常简单。上午中间休息时,隔壁办公室的小张凑到我们办公室,在我的还算饱满的屁股上拍了一巴掌。按惯例,这时候我应该回敬他一个动作,在他的瘦脸上捏一把,或者飞起单脚照他的屁股来一下,可当时我正忙着接一个长途电话,压根没机会去完成这项工作,只得把"复仇"的念头压到肚子里,心想,等我接完电话再找你小子算账。

　　放下电话后,忽觉有些内急,赶紧去卫生间。巧了,一进门就看到了小张那副瘦身板,正背对着门口,站在水龙头跟前洗手呢。我心里说,真是老天爷助咱,叫我在这里遇上你,小子,来来来,吃我一脚! 于是,我一个轻巧的猴跃蹦到他身后,麻利地抬起右脚,用上适当的力度,"啪!"一脚端在了他的瘦屁股上。我清晰地听到了那"啪"的声响。

　　"干什么你……"他仿佛电打了一样,倏地回转头,瞪着我。

　　我一看傻了眼。天,不是小张,竟是俺刚到任不久的顶头上司也!

　　上司显然对我的举动有些震怒,不过还好,没发作,只是拉着脸很严肃地盯了我三秒。"你小子!"之后扔下这句话,甩着手出去了。

我尴尬地呆在原地，估计脸上的颜色很不好看。一个劲地怪自己太麻痹大意，没有看准目标就出手，以致把黑脚踢在了上司的屁股蛋子上。

接下来的好几天，我采取躲的战术，见了上司干脆绕着走，生怕与他撞在一起互相难堪。但世事偏偏就这么巧，这天我硬生生与他撞在了一起。我正在卫生间的水龙头前洗手，一扭头，看见上司踱了进来。我心里不由得暗暗叫苦，赶紧低下头，装出没看见他的样子。

上司踱到我身后，简短的寂静，静得我心里发紧。突然，我听到一阵"嘿嘿"声，还没等弄明白上司"嘿嘿"的缘由，我的屁股上便挨了一脚。劲不大，踢得不疼也不痒。

我回头看时，上司宛若没事人，吹着口哨直奔小便池而去。

（原载 2002 年 7 月 15 日《乌鲁木齐晚报》）

人海里找人

　　事后连我自己都有些吃惊,我竟然真的在人潮涌动的都市街头上找到了那个老头儿。

　　老头儿依旧是原先的装束,黑衣黑裤,肩头上那块蓝色补丁犹在,只是一端开了线的那块补丁,现在的裂口更大了。许是因了七月阳光的映照,老头儿的脸更加黑也更加瘦了,枯乱的发上依旧粘着白的或绿的漆粹,似乎从那之后就再也没理过头发。

　　我迎着老头儿走过去。

　　我认识这老头儿。确切地说,我正在满世界寻找这老头儿。我和他有过三天接触,三天过后很快就将他淡忘干净了。后来突然又想起他来,是因为一种难以压抑的愤慨,这愤慨驱动着我做出一个决定:找他去!

　　其实,我本没必要这样愤慨的。老头儿不过为我做了三天活计,将我的客厅、卧房粉刷了一遍,况且是我去街头请了他来的。那天,数不清的能工巧匠们把我圈在中央,纷纷展示着他们的所能,期望能被我挑中。我却一眼望见了蹲在圈外的老头儿。他黑衣黑裤,肩上缀了蓝布补丁,补丁的一端已经开了线。老头儿没望我,我想他是压根就不曾敢想揽到这桩小活儿。我挤出能工巧匠围成的圈子,满脸谦恭地站在了老头儿面前。

　　接下来,我满足了老头儿所有的条件,包括他提议的工钱。三天过后,老头儿吃完我为他叫送的一份拌面,揣上工钱走了。我的烦恼和愤慨便由此开始了：先是卧房的崭新墙皮裂缝，继而脱落。接着，客厅亦如此，不同的是，客厅脱落的顶皮砸在了我的头上，在额际戳出两道血口子……

此刻，我与老头儿的间距在缩短。终于，他走到了我的对面。我顿时望到了那双深陷眼窝的无神的眼珠。生计已经滤干了那双眼的神采，只留下一个皱褶的空壳。我突然觉得胸口发热，倏地伸出手，握住了他的干瘦的手掌。我说，您好吧？老头儿一怔，很快脸上的皱褶里便盛满了笑意。他说，你的房子，还算满意吧？我说，挺好的，挺好的，我非常满意。

目送着老头儿走远，我突然觉得心里无比畅快了，就连七月的阳光洒在身上也感到充满了温柔的舒适和惬意。

（原载 2002 年 7 月 29 日《乌鲁木齐晚报》）

夏

因为浪漫，我们感念夏季

火光照亮了我

夏夜的晴空下，散步成了我夜夜必习的功课。

融入温情的夏的夜色里面，不需用衣衫将自己的肢体牢牢地裹束，敞胸露怀最好；亦不需像操演的兵士那般规规矩矩一本正经，最好趿拉着鞋子，一切都是自然的随意的散漫的，就连脑子里的想法也是漂浮不定的。

星星无言地注视着我。它们是世间万物的忠勇的监督者，夜幕下上演的种种人间正歪剧，都难以逃避过它的注视。可惜，星星不能言语，抑或不屑于跟渺小的人儿一般见识。人却不会这般去思想，他们自视为天地间的万物之灵长，自以为聪明得无与伦比，而且行事的手段也总是那么的高明，即使有了见不得光日的事情，也是神难知鬼难察的，于是乎做起事情来便总是那么肆无忌惮。

不能否认，就像吃草之于牛马、食肉之于虎狼，聪明是人的专利。因了这些聪明，人才能够把并不伟岸的躯干立于高天厚土之间，然后豪迈地指挥群鸟，号令百兽，让山峦开道，叫河水退路。他们用万物主人的思想、主人的姿态、主人的气度去统治整个自然界，随意去改变那一山一水一草一木；他们还可以用棍棒去叱喝乞食的狗儿，乐滋滋地看着狗哀号着逃离；还可以用尖刀随意地剖开猪羊们的肚皮，把肉和骨乃至散发着腐味的下水们当酒肴；也还可以把百兽的威风凛凛的王掳进铁笼里供自个欣赏，更还可以像使役奴隶一样去鞭打一匹老实的黄牛，去碾死一只无辜的蚂蚁或者一只天真的蝴蝶和轻灵的蜻蜓。

这就是人啊,万物之灵的人!

聪明当然不是缺点,但聪明一旦和欲望联姻,便会成为人类的悲哀。祖先发明了火药,被一些欲壑难填的后人用于战争,战争的残酷于是随之升级;地下资源被轻易探取,带来了投机分子无休止的开采,导致我们赖以生存的地球生态的失衡,自然灾害于是接连不断;核能源被发现和利用,使妄想称霸宇宙的人类向着文明世界更迈近了一步,于是离毁灭也变得仅有咫尺之遥……

我们常说,聪明是人类进步的基石,人类之所以从猿猴而变成人类,之所以从当初的蒙昧社会步入今天的文明盛世,是用聪明这把钥匙启开了发展的机器。然而,当聪明被欲望征服,聪明的人类便会被聪明所误。这就是自然的辩证法,也是被人类用血泪教训验证了的真理。

夜色的静谧中透出安逸。但我知道,这只是一件迷彩的外衣,剥去这件衣饰,会有无数的森森的嘴巴张着,牙齿参差排布,在贪婪地咀嚼着上钩的猎物,齿间尚滴着殷殷的血。我知道,为着欲望所做的一切的人类,无异于那些投进巨嘴的猎物,正在被欲望所吞噬。

远处,几名孩童在玩火。柴火焦干,焰火毕剥。橘红的火苗蹿起来了,照亮了孩子的涔涔的汗脸,也照亮了我。我顿然觉到了火光的诱惑,温暖如宫殿一般的色彩正向着我发出盛情的邀请呢,我见到那滚烫的臂膀也迎着我张开了,远远地就要拥抱我。这种时候,我的定力表现得或许还算不错,我站住了,在那诱惑面前。我看到几只虫却耐不住了,它们欢快地呻吟着,义无反顾地投向了那宫殿一般的色彩,连为这个世界留下"哼"一声的简单遗言都没有,就去了另一个世界。那个世界会是什么样子呢?黑不黑,冷不冷,热不热,有没有兄弟姐妹，有没有父母妻儿，我不知道。但我确切地知道，一旦走上了那样的一条路，便不会再回归了。

火苗舞蹈起来。我突然觉到了一股牵引的磁力，随即便看到了火光如艳妇一样朝我伸出纤手。我的脚步在轻微地游移。但只瞬间，我又看到了那只魔怪的嘴巴，它已经发出磨砺的齿响。我于是大梦彻醒一般，拼命摇手，返身狂奔，直至躲进房子，关紧门窗。接着便是整夜未眠。面前老是晃动那欲望的光焰，一闪一闪的，在勾引我。

我翻了个身，冲着那欲望狠狠道：呸，去你的！

（原载 2007 年 1 月 9 日《新疆广播电视报》）

夏

雨花石

　　我是揣着深深失落离开那座小城的。这是我生身的故土,曾给过我数不清的欢乐,然而此刻,她却让我的心脏产生了深深的刺疼。那天,当相恋三年的女友偎在一个陌生男人怀里出现在我视野的时候,我这才明白大半年来始终不见她信函的真正原委。我于是选择了提前归队。我想尽快回到昆仑山的怀抱,让昆仑山风抚平心灵的创伤。

　　西行列车载着我离开了故乡的小城。就是在这一路西行的列车上,我邂逅了丹丹。我不曾留意过,她从一开始就坐在我的对面。或许是我身上的中尉军装的缘故,或许是我一路不吃不喝捧着一本小说苦读的怪异行为,也或许是我难以舒展的眉梢上透出的隐痛,总之,她开始主动与我交谈。我们就这样认识了,我知道了她叫丹丹,是个南京姑娘,正在读大三,利用这个暑假自费去新疆旅游。

　　我们的交谈于是便围绕着新疆的山山水水展开,瑰丽的草原,雄奇的雪山,荒凉的戈壁,辽阔的沙海,这些都让丹丹产生了浓厚兴趣。而我更多地讲到了新疆的山,那是一些不同于南国的山,它们没有绿色植被的覆盖,没有五彩鲜花的点缀,甚至没有人愿意去欣赏它们。它们只是一些坚硬的石头,无数巨大的石头堆成了雄奇的昆仑山。

　　听着我的述说,丹丹澄澈的眸子里流露出向往。看得出,那向往发自她的心底。她愉快地说,我一定找机会去看看昆仑山,并邀请你当我的向导。就这样，我们一路交谈，不知不觉就送走了三天三夜的旅途。在乌鲁木齐站下车时，我们互相留了联系方式，之后丹丹随一个旅游团去了伊犁大草原，而我则搭乘长途汽车回到了昆仑山。

日子在寻常的忙碌中流逝。我的心绪也在山风的梳理下变得平和起来。转眼到了中秋节，我意外地接到了一个发自南京的邮包，里面竟是几枚绚丽的雨花石，还有一页短笺，娟秀的字体令我的心怦然一动。丹丹说，雨花石其实是很普通的石头，但它们承载了狂风暴雨的冲洗，最终变成了绚丽多彩的雨花石，她喜欢雨花石，是因为它们身上的顽强和不屈。我也深深地爱上了这些石头，我将它们摆在书桌上，每天都会凝视。望着雨花石，我不由得想起那双澄澈的眸子。事实上，在山风啸叫的无数个黑夜里，那眸子都会在我的心头升起，一如昆仑山巅晶亮的圆月。

从这以后，我和丹丹开始通起信来。最初只是礼貌性的你来我往，差不多每月一封，话题自然还是围绕着新疆的山山水水展开。后来的信件渐渐多了，交流的话题也广起来，我们在那尺余篇幅上谈人生、事业和理想，也谈到了将来。丹丹说，她设想的将来，在雨花石寄出的那个时刻，就已经向着一个目标起航了。我自然读懂了这诗一样语言里蕴涵的情愫。那些日子里，在昆仑山的冷风寒雪里，我的心头始终揣着一轮温暖的太阳。

夏天又来到了昆仑山。就在这诗一样的季节，丹丹也来到了昆仑山。这时候的她已经步出大学校门，在一家省报做记者。领导专门给了我几天假，让我陪着她在昆仑的大山小脉到处走走。我和丹丹携手爬上山岩，对着空旷的山谷大声喊叫，听悠扬的回音在天地间滚动。丹丹高兴得像个孩子，日光灼疼了她的脸，汗水在她的脸上流淌，她都全然不顾。那天，在昆仑山峭壁下，丹丹将一枚雨花石放在一块岩石上，让柔美的雨花石和坚硬的昆仑山岩结成了一个整体。做完这些，她扬开双臂，深情地拥抱住那冷峻的山岩，久久没有松开。丹丹说，她喜欢这些外表粗犷的石头，让这美丽的雨花石永久地伴在它身边吧……

就这样，就在这个诗一样的美丽的夏天，就在巍巍昆仑山的宽阔的怀抱里，我和丹丹的恋爱开始了。

（原载 2008 年 3 月 11 日《新疆广播电视报》）

微笑的天使

　　那时候,我在一个高山边防连当司务长。那年夏天,因为阑尾发炎住进了 500 公里外的一所部队医院。记得病房在六楼,整个楼道里充斥着刺鼻的药棉气味,我对这种气味向来没有好感,加之生病后心情不好,住院后情绪一度很低落。住院当天吃晚饭时,同室的病友在亲朋簇拥下,吃得热火朝天。我却毫无食欲,面向墙壁躺在床上看书。

　　"同志,你怎么不吃饭呀?"身后传来一个女性柔和的声音。凭直觉,我知道是在问我,于是拧过头去看那问话之人。这一看不由得吃了一惊。床边,立着一位漂亮的女护士,正笑吟吟地望着我,双眸中充满了关切。

　　"我是夜班护士马丽,您有什么吩咐尽管讲。"她的含笑的声音如一缕清风,轻轻荡过我的心头。当时,说不清什么心理使然,我毫不犹豫地"吩咐"了她一回——

　　我说没吃饭是因为没胃口,没胃口是因为医院的饭菜不合我的胃口,我现在最想吃一碗牛肉面,你能帮我去买吗?她听我绕口令似的嘟囔完,依旧笑着说,那您稍微等会儿。说毕,轻盈地出了病房门,留下了满房的清香。

　　大约过了半小时,身后传来那含笑的声音:"来,快起来吃面……"这下,轮到我吃惊了。其实我不过是随口说说,即使真有牛肉面,我也吃不下去。马丽把碗放在我的床头柜上,笑吟吟地说:"我值班走不开,托同事去饭馆买的,快尝尝味道怎样?"我心里突然涌上一些感动。

从这以后,我对马丽格外留意起来。我发现,她的微笑和热情并非只对我一人,而对所有住院患者都如此,那盈盈的微笑,不知暖热了多少颗被病痛折磨的心灵。

几天后,我的手术做完了。最初两天,刀口疼,我整夜难眠,情绪变得极差。这天下午,马丽带着一名年轻护士为我换药,纱布与刀口有点粘连,马丽的动作尽管很轻微,但我还是忍不住叫了起来,并粗暴地推了她一把,差点把她推倒在地。谁料,马丽一声未吭,脸上依旧挂着盈盈的笑容,默默替我换完了药。但就在她出门的刹那,我突然看见她抬起手,在眼角飞快地擦拭了一下。我的心里不由得一颤,不禁为方才的粗暴举动懊悔起来。

第二天,又到了马丽当班的时间。我暗下决心一定向她道歉。然而,来病房为我打针的却不是马丽,而是昨天那个与她一同为我换药的年轻护士。年轻护士告诉我,马护士探家了,昨天中午接到家里的电话,她爸爸车祸去世了……

我一下子呆住了。昨天下午换药的情景又在眼前浮现出来,她是那么细致、那么轻微,她脸上甚至还带着那暖心的笑容,可又有谁知道,她的内心却在承受着巨大的痛苦折磨!只听那名护士又说:你这个人做得很不对,马护士跟我讲了好几次,说你是从边防来的,身边也没有人照顾,要对你多关心些,可你还那么对她。本来,她的假昨天上午就批下来了,但考虑你是第一次换药,就推迟了……

我的眼泪涌了出来。从这天起,我天天盼着马丽探家归队,然而直到我康复出院,也没能与她再见面。我只好带着深深的遗憾和不安,踏上了回边防连队的路途。

从那以后，我再也未见过马丽护士的面。一晃，十多年过去了。其间，我的工作几经调动，离那所医院越来越远了。我不知道马丽护士如今是否还在那所医院工作，不知道她还能否记起当年那个粗暴推过她的边防小排长，但我确切地知道，她的暖人的微笑一定还牢牢地写在脸上。

（原载 2008 年第 6 期《司务长》杂志）

夏

最　美

　　你是一名穿军装的白衣天使,在我眼里,世间一切的美丽都定格在了你的身上。军人加护士的身份赋予了你不平常的责任,使你更多了一份果敢与坚毅,多了一份爱心和热情,也更多了一份潇洒与亮丽……

　　你的美丽缘于你对患者无私的付出。记得那个揪心的傍晚,你为一名患者实行特护,突然收到小妹病危的加急电报。顿时,你的眼前一片昏暗。小妹那么年轻,正是花儿一样的年华,还有许多幸福正等着她去品尝呢!那一刻,你多想扑到小妹病床前,亲手为她驱走病痛。然而,眼前的病人正需要你的护理,这也是一个花儿一样的生命,你怎忍心撇下他不管!你悄悄揣起电报,擦干泪水,投入到紧张的护理中,直至患者脱离了危险。然而你怎么也没想到,可爱的小妹却没有等到看你一眼,便永远地离开了这个令她无比眷恋的世界。

　　你的美丽缘于你对患者真诚细微的关爱。已经病故的陆军某部战士小王如果在天有知,一定会再叫你一声"姐姐"的。小王是个孤儿,从小缺少亲情的爱抚,患晚期心脏病住进医院后,你像姐姐一样对他精心护理了一年半时间,定期把他最爱吃的卤鸡肝、鸡爪买回来,送到他的床头,经常为他洗衣服、擦身子,天天给他读报纸,陪他聊天。你把最真诚的战友爱送给了他。小王在弥留之际,留给人世间的最后一句话便是:姐姐,谢谢你。这是一名战士的临终遗言,更是一个心灵对你的不尽感激。

你的美丽缘于你对患者忘我的奉献。你爱人长年工作在外,你既要照顾年仅6岁的女儿,又要照料病人。女儿小的时候,你把她一人丢在家里放心不下,便经常抱着熟睡的她到病房抢救病人。如今,女儿大了,懂事了,看见夜半三更你又要去病房加班时,总会说:"妈妈去吧,我不怕。"听着女儿稚嫩的话语,你的心里酸酸的。然而,当你抢救完病人蹑手蹑脚回到家里时,女儿却总会猛地从床上爬起来,紧紧抱住你的脖子,哭着说:"妈妈别走开,我害怕!妈妈别走开,我害怕!"那一刻,你实在没有勇气去对视女儿那双澄澈的眸子,你只能无言地把女儿紧紧搂在怀里,任滚烫的泪水在你清秀的脸上悄然滑落……

　　这就是你,一个有着美丽心灵、美丽微笑、美丽人生的护士,一个给人爱也赢得了人们爱的护士……

　　这就是你,一个用柔情抚平创伤的白衣天使,一个用炽热的爱为人世间铺开一地春光的白衣天使。

(原载 2002 年 5 月 11 日《空军报》)

虚 惊

那年夏天,我与同乡战友小任结伴回山东高密探家,顺路为一位家住济南的战友捎带了一个包裹。

临行前,战友再三嘱咐,包里的东西关系到他与对象能不能继续谈下去的大事,嘱我们到济南后要马不停蹄送过去,否则……后面的话他没有讲,但我们知道,咱们这些在边疆扛枪杆子的人谈成个对象不大容易,说什么也不能误了人家的好事儿,便当即决定到济南下车先去送东西。

不曾想,车到济南正是深夜两点钟。下了车,随着稀稀拉拉的行人出了站台,在冷清的站前广场上,我和小任呆住了。从未来过济南城,此刻该何去何从,我俩一筹莫展。

正犹豫的当儿,一辆黄色出租面包车"吱"地停在了我们面前。司机是位满脸络腮胡的壮汉子,他旁边的座位上亦坐了一条壮汉,模样与他极相似,想必是他的弟弟吧。此刻,两人俱下了车,热情地邀我们上车。

谈好价钱,我和小任便钻进了那辆面包车。

车子轻巧地驶出了灯光幽暗的火车站,钻进了漫无边际的夜幕里。我想,毕竟夜深了,都市人家的窗洞里都已不见了灯光,就连街上的路灯也被关闭了。路灯!想到这里,我心里不由得咯噔一下。没理由哇,我想,堂堂都市怎会心疼区区几个电钱,连街道上的路灯都不舍得长明?

难道……我没敢往下想。

这时，面包车开始转弯，车灯光束照亮了路旁的大树，还有一大片庄稼地。很显然，我们坐的这辆车子已经离开了市区。

两个家伙想干啥？好端端地干吗出了市区？他们坐在前面嘀嘀咕咕地商量什么？为啥笑呢？坏了，我想，种种迹象都已经表明：我和小任恐怕上了贼车！两个壮贼这是要把我们弄到荒郊野外去下手呢。

借着车窗外的黯淡灯光，我看了看小任，见他歪倒在座位上，睡得正香。我连忙悄悄推醒他，趴在他耳朵上告诉了我的这一担心。小任显然也没料到这一点，缩在座位上瑟瑟地抖起来。没办法，我伏在他耳边说，准备战斗吧。言闭，我将特意拴在旅行包上的自行车链子锁取下来，紧紧握在手中。小任也从腰间抽出武装带，做好了一切战斗准备。

就在我们悄悄做着战斗准备的时候，面包车在一个村口前停下来，熄了火。大概他们要下手了，我听到了自己的咚咚的心跳声。

有一只狗叫起来，引得远远近近的狗一齐叫起来。

车灯开着。我们看见司机和他的弟弟下了车，司机的弟弟提一只塑料桶穿过惨白的灯光，进了村子。我们的心提到了嗓子眼上。我们惶惶地甚至有些焦急地等待着那个战斗时刻的临近。

仿佛过了一个世纪，司机的弟弟回来了，塑料桶变得沉甸甸的。

两个壮汉在车前忙乎了一阵，之后上车，发动起车子，又在黑漆漆的夜幕里继续穿行起来。

我和小任颓然倒在座位上，长舒了一口气。

渐渐地，路旁的景色热闹起来，建筑物一座连接着一座，灯光也一盏紧连着一盏。愈往前走，愈加热闹，亮堂堂的路灯下面，竟然有三三两两的不眠人在独行呢。

这便是都市了。

此刻,都市闪烁的霓虹灯叫我们觉到了亲切。因为这意味着我们已经进入了安全地带。你想想,在月黑风高的荒郊野外,司机哥俩没有对我们采取行动,在明晃晃的都市的街道上,他们就是生了天大的胆也不会戳我们一指头,有哪个罪犯肯舍弃荒郊野外而到大庭广众之下杀人越货呢?

下车的时候,我们与司机握了手。

握手的时候,我问济南城里怎的有庄稼地和村庄。

司机说,看你们两位是初次来俺济南吧,你们是在北站下的火车,离济南城远着哪,有一百多里地呢。

怪不得来,我说。但我没敢讲我的一路上的想法。此刻,我觉得司机这人挺和善的,包括他那满脸的络腮胡子。

(原载 2000 年 11 月 28 日《都市消费晨报》)

老 独

　　老独是我的朋友，业余诗人。尽管大作在报上露面的机会甚是寥寥，然老独像所有诗人一样，对发表诗歌似乎不太看重，用他自己的话说，你不发我的诗我还瞧不上你那小报呢。于是乎继续写他的诗，继续往报纸寄。

　　老独算是客居他乡的那类人物。几年前，他穿着一套缀了补丁的牛仔服，只身来到乌鲁木齐，一边打工一边写着他的诗。我与老独的认识，是在一家报社举办的写作培训班上，老独掏出他的诗请大伙提意见，我读了几个东西后照实说看不懂，实在看不懂。老独来了精神，一个劲地催我讲怎么个不懂法。我说看不懂你想表达啥意思。老独说不懂是吧，我给你指点指点。接着便云山雾罩地扯了一大通。我虽然依旧不懂，但觉着老独这人挺特别，骨子里有种在正常人眼里很不正常的诗人的遗风，便时常与他在一起聊几句。培训班结束后，我们便成了朋友。

　　那几年，老独居无定所，一会儿在这个工地，一会儿又转到另一个工地。无论到了哪里落脚，老独都事先给我来个电话，我说改天我看你去，老独说免了吧，公交车拐弯抹角地得花好几块呢。老独这话，叫我听着颇心酸。大凡诗人都是一副钱财就是粪土的气概，老独气概不起来，他并死累活一个月就那俩钱，据说有一次，三个多月的血汗钱还被工头卷跑了，害得老独一天平均两个馕度日。我说为啥不来找我呢。老独说，你又不会造钱，找你干啥。

不过,老独却时常拐弯抹角地花好几块钱挤公交车来看我,有时提两根香蕉,有时揣两个苹果,都鲜灵灵的,看得出是刚从水果摊上买的。我说来就来呗,买啥东西。老独说,水果健脑,我正等着读你的小说呢。于是在我的简陋的宿舍里,我们一人一根香蕉或一个苹果,吃上半天,聊上半天。临近开饭,老独便告辞,无论我怎么留他,都不肯在我这里吃一口。留急了,他便说,你又不会造钱,何必拿着钱往饭馆里扔。说毕,义无反顾地走了。

直至今天,老独的诗依旧不被报刊承认,尽管他写得很痴也很累。我常想,他或许压根就不适宜走在这条路上。诗歌是什么东西呢,是大富们厚积的脂肪滤出的汁液,是贫寒书生塞饱肚子的产物。老独却不以为然,他甩了甩那头枯乱的长发说,但是,我的精神是一直饱着的。

我开始明白,这就是诗人老独至终的追求。在物欲横流的都市的屋檐下,老独活得清苦,老独也活得充实。

(原载 2001 年 4 月 15 日《兵团日报》)

教子的困惑

  像所有孩子的父母一样,我和妻对刚满五岁的宝贝女儿也是倾注了满腔的爱心,寄予了莫大的厚望。

  从女儿蹒跚学步时起,我们就恪守"父母是孩子第一任老师"的神圣职责,倾自己所能教育孩子,一心想把女儿教育成个懂事、听话、谦让、友爱的好孩子。

  女儿聪明乖巧,基本上是朝着我们心目中的好孩子的目标发展,这令我和妻感到了无比之欣慰。

  后来,女儿上了幼儿园,融入到许许多多孩子中去,我却发现自己的教子方法似乎错了——

  女儿学会了谦让,却屡屡在谦让中吃亏。谦让是做人的美德,我们常用"孔融让梨"的故事来教育女儿凡事要讲谦让。一次,妻买了几个新鲜桃子给女儿吃。女儿一股脑地抱到水房洗干净,开始分给其他几个小朋友。

  也巧,桃子偏偏少了一个,女儿分给别的小朋友,唯独她自己没有。别的小朋友在一边狼吞虎咽吃桃子,女儿却在一边咽口水。吃桃的小朋友自始至终没有一人理会女儿,哪怕让女儿咬上一小口也没有。

  目睹此景,我心里泛起说不清的味道。

  女儿心里充满友爱,却屡屡受别人欺负。我们时常教育女儿要与小朋友搞好团结,不要打人骂人。女儿在外面是严格按照我们的教导去做的,从没打过别的小朋友,倒是自己经常被别的小朋友打哭。

有一次,女儿与一个小朋友玩耍时产生矛盾,对方跳跃着往女儿身上抢小拳头。尽管女儿身高比那孩子高出半个头,却不会动手还击,只知道缩在一边哭着喊妈妈。

还有一次,邻居家的小男孩抢夺女儿手里的玩具,女儿不给,那小男孩伸手就在女儿脸上抓了一下,当时就流出血来。女儿依旧不还击,依旧老老实实地站在那里哭。

女儿被我们教育得"打不还手、骂不还口",但是最终给她带来的却是什么呢?

据说,时下有的家长教育子女以自我为中心,甚至教他们怎么动手打人,怎么去占别人的便宜,对这种不负责任的教育方式,我向来是持反对态度的。但是,不这样教育孩子,孩子却屡屡吃亏和受他人欺负。小时如此,长大后会不会继续处处吃亏和受欺?由女儿的种种遭遇,我感到了深深的困惑和迷茫,今天,我们到底应该怎样教育孩子,实在值得认真思考。

(原载 2001 年 3 月 29 日《新疆日报》,被评为 3 月份好稿)

苦　夏

尽管已经是七八年前的故事了,尽管夏去冬来往复了七八个寒暑,但是朵儿的身影和那些曾经发生的浪漫与忧伤,却像在我的心底生了根,怎么也挥不去、抹不掉……

我至今尚清晰地记得与朵儿见面的情形。那是夏日里少有的一个浮云满天的日子,一袭长裙的朵儿在介绍人的牵引下闯进我的生活里。那天,在朵儿的姐姐家,偌大的房间里仅留了我和朵儿,一身戎装的我坐在她对面,向她讲述我和我的战友们的故事,朵儿听得如痴如醉,临了,她低低地说,我喜欢军人。我知道,这是从朵儿心灵深处流淌出来的话语,一如她清纯亮丽的面庞,没有丝毫矫饰和虚伪,透着羞涩和友善,也透着少女的纯真和梦幻。

那以后,我的日子过得犹如流星一样匆忙和充实。朵儿每天从镇上的工厂下了班,总会弃开一天的劳累,骑着自行车来到我家,陪我一起送走夏日的闷热和无聊。无数个霞光灿烂的傍晚,我们携了手,在家乡的西河边漫步,看游鱼在水里嬉戏;在葱绿的庄稼地边散步,嗅庄稼甜香的气息。因了朵儿的存在,那个闷热的夏季充满了温情、浪漫和诗意。然而,叫我无论如何也不曾想到的是,这样温馨的日子竟然很快便不存在了,只有朵儿无奈的泪水浸泡着那个闷热的季节,只有我的心在无边的寒冷里颤抖……

朵儿是在她的母亲跪地哀求下离开我的。那照旧是个满目霞光的傍晚,风从庄稼的叶尖上掠过来,吹乱了她母亲花白的发。朵儿的母亲已经很苍老了,苍老得就像我家窗前那株老槐,一丝微风似乎就能把它吹倒。此刻,她跪伏在地上悲恸地哭泣,泣求着让朵儿离开我,泣求着让朵儿牺牲出自己的幸福,为她的三十多岁的光棍哥哥去换一门亲事……朵儿跪在母亲面前,泪水汹涌地流。娘啊……娘啊……我听见朵儿一声声哀号,那么伤悲,那么绝望。

最终,朵儿在我含泪的目光注视下,挽着她的母亲渐渐远去了。很远很远了,朵儿再一次回过头来,用泪蒙蒙的双眼望着我……那是怎样的一种离别呀,以致七八年后的今天叫我怀想起来,仍忍不住一阵阵地心痛。

朵儿走了,为了满足苍老母亲的无情的愿望,她放弃了自己的欢乐,也带走了我的欢乐。夏天的闷热的日子照旧日复一日地重叠着过去,庄稼依旧那么葱绿,草丛里的小花依旧鲜艳地开放,可是,我却再也寻不到一点乐趣了。

但我没有责怪朵儿,她的善良只能作出这样的选择。我也没有责怪朵儿的母亲,毕竟,她是朵儿深爱着又深敬着的母亲。我只有时常站在西河边,望着嬉闹的游鱼;时常站在葱绿的庄稼地边,望着舞动的庄稼;时常站在我和朵儿无数次携手走过的小路上,望着空茫茫的前方,默默地流泪。——渐渐的,这竟成了我对夏天不变的心灵感受。

闷热的夏天,我的心曾经很冷,我的情曾经很苦。

(原载 2001 年 11 月 18 日《乌鲁木齐晚报》)

艰难的约会

军人找对象都兴介绍,介绍人把线一牵,定个时间两人见上一面,成就谈,不成就散,就这么利索。

那年春节,奉老母之命,我从新疆部队回山东老家找对象。好在事先战友给介绍了一个,是邻县胶州的一位姑娘,我们虽未谋面,但已互通了好几封信,也算是有些交情了。我打算利用这次探家机会去瞧一瞧,于是便给她去信约定了见面时间,并且一再强调,定好的时间,下刀子我也会去。

到了约定见面的那天,我有些犯了愁。虽说老天并没下刀子,可刚刚下过的一场大雪,此刻全部融化为水,乡间土道一片泥泞。最要命的是路途太遥远,从我家去姑娘家有 60 里路,不通车,唯一的交通工具是一辆吱嘎响的自行车。路好走倒没啥,要是骑车走那 60 里泥泞路,决非容易之事。

但是已经约定好见面的时间,再难也得硬着头皮去。

那天,我特意起了个大早,吃过早饭就骑上自行车出发了。开始,路面上结了一层薄冰,自行车轮子轧在冰路上,就像驶在硬海绵上,虽然有些吃力,前进却不大受影响。但好景不长,随着冬日的太阳的渐渐跃升,路上的冰开始融化了。"海绵路"顿时成了"黏粥锅",自行车的一双轮子再也不能无忧无虑地转悠了,很快便糊满了泥。无奈,我只好找了一根小木棍,蹲在地上一通忙乎,把轮胎上的泥巴一点点刮干净,然后飞速上车,拼命地快蹬。终于又骑不动了,蹲下来再刮,刮干净了,跳上车再骑。就这样走走停停,四五个小时过去了,仍未见到姑娘家的影子。

倒霉的事紧接着就来。就在我一边咬着牙奋力蹬车,一边引着颈眺望姑娘家的时候,自行车把扭秧歌似的晃荡了几下,之后连人带车重重地摔倒在泥地上。从泥泞中爬起来时,我的身上糊满了泥巴。更懊丧的事还在后边,为了保护头上的经过精心梳理的偏分发型不走样,我刚从地上爬起来,就习惯性地用手指去梳理,结果把满手泥巴抹到了头发上。

那狼狈样,甭提了。

即便这样,我当时仍只有一个念头:前进!直到今天我也没想明白,当时在那么艰难困苦的条件下,我为什么没有半途而退,甚至连一丝退的闪念都没有?我实在算不上个固执之人,但那一天的表现当是固执至极。说起来,应该好好地感谢那固执,要不是它,我和我们小家庭的历史恐怕会被改写。

经过十余个小时的艰苦行军,最后一个纯粹的泥人站在了姑娘面前。那时太阳已经跌进了西边的地平线下,但我心里的太阳开始升了起来。

几年后的一天,我和妻聊起这段往事。妻说,我知道你会来的。我说何以见得?妻说,是感觉。

（原载 2000 年 12 月 25 日《都市消费晨报》,有改动）

初婚岁月

婚后不满两个月,妻随我离开家乡,来到了万里之遥的新疆。我知道,从此之后,在风雨飘摇的人生路上,我和妻就如同鸟之两翼,彼此要永远地不分开了。

这是 1995 年的春天,一个洋溢着榆钱儿香气的多情而浪漫的季节。在市郊的一座兵营里,一间十几平方米的小房子承载了我和妻的数不清的浪漫与欢乐。然而随着妻的怀孕,这份浪漫很快便淡下去了,代之的是我对妻无尽的关爱。

那时,我每个月的工资只有三百余元,除去油盐酱醋日用开支,所剩无几了。为了给怀孕的妻增加营养,我时常捏着几元钱,满市场寻找那些价钱不很贵又极富营养的东西,比如猪大骨,只需 3 元钱即可买上一公斤,回家后洗净用文火慢炖,据说骨头汤营养丰富。那些日子,在仓房沟菜市场的猪肉店铺里,我成了肉贩们的常客,买的次数多了,贩子们便记住了我。只要我一踏进那个腥气很重的大门,男的女的贩子便会吆喝起来:"我这有大骨头,刚剔下的!"似乎他们早就看穿了我手中捏湿的纸币是只够买得起猪大骨的,所以既不向我推荐他们的猪肉,也不推荐与肉价相当的排骨。这样的日子持续了很久。

水果是孕妇最好的滋补品,然而妻怀孕的时候,新鲜水果尚未上市,小摊上虽有水果卖,价钱却非常昂贵。妻每次外出购物,始终不舍得买点水果。我便时常在妻百般劝阻的情况下,执意买上一两公斤。买回家的水果,我是不舍得吃一个的,不管妻怎么劝。记得有一次,在我工作的单位里,一位同事把刚买的苹果提到办公室,给每人分了一只,递给我的苹果红艳艳的,叫人一看便忍不住想吞下去。但我没有舍得吃它,趁同事们不注意,放进了抽屉里。下班后,我将那只苹果揣回家,送给了妻……数年后的今天,在我们宽敞的住所里,妻每每忆起这件小事,总忍不住泪盈盈的。妻说,现在,我们虽然能够成箱地去买水果吃,但是都比不上那只苹果的味道了。我知道,在那些困顿的日子里,妻品味到的并不仅是水果的甘美,还有我的关爱和责任,我想这才是叫妻感动的真正原因。

妻在我的悉心照料下,终于平安地送走了 10 个月的孕育生涯,这天是 1995 年 12 月 27 日,一个令我们终生铭记的日子——宝贝女儿用她那响亮的哭声唱醉了我和妻的心。

如今,女儿已经长成了漂亮懂事的小天使,我和妻也相互扶携着送走了两千多个日日夜夜。这期间,我与妻之间尽管也曾有过争执和脸红,但我对妻女的关爱之情却始终不曾减淡半分,无论从事何职,无论多忙多累,也无论调动、出差身在远处,心都始终为她们娘儿俩搏动着。

这是我身为人夫和人父的义务,更是我的责任!

(原载 2002 年 3 月 22 日《都市消费晨报》)

伺候月子

"生了！一个胖'千斤'！"年轻的护士双手托着我的女儿，对守候在产房门外的我说。那一刻，望着护士双手捧着的弱小生命，我突然觉到了一丝惶恐：

这么个小人儿，何时才能养大呢？

这天是 1995 年 12 月 27 日，农历十一月初六。中午。边疆的阳光分外灿烂。我蹲在产房门前，心的某片角落里塞满了那种叫做惶恐的东西。在这个冬天，在远离故乡、远离亲人的塞外边疆，我成了一个小生命的父亲。

女儿出生三日，我和妻抱着她离开医院，走过覆满厚厚白雪的大路，回到了安在部队营区家属院里的小家。

妻用丝巾裹了头，又罩上厚实的冬衣，开始了坐月子的生活。女儿也是用棉被裹了，只露出红红的小脸，稀疏的头发贴在软乎乎的头骨上，眼闭着，睡得很香。

唯有我诚惶诚恐地站在一旁，不知该做什么才好。

突然，女儿哇的一声大哭起来。妻倦声道，肯定是尿床了，快换尿布！我掀开被角一看，果然，刚换上的尿布洇湿了，女儿似是觉到了不适，小腿用力踢蹬着。女儿的两条小腿实在太细弱了，我一时不知该如何动手了。

妻说，你先把孩子抱起来。我战战兢兢伸出双手，却不敢去抱女儿，她是那么弱小，似乎连骨头都是软乎乎的，万一我的哪根指头使岔了劲,捏坏了怎么办?

没法子,妻只好伸出她那疲倦的手,轻轻把女儿抱出被窝。我赶紧撤换被褥,等女儿不哭不闹地复又躺到被窝里,我和妻的脸上都已汗津津的了。

安顿好女儿,我赶紧提上尿布去水房冲洗。

水房是多家合用的,窗户玻璃碎了好几块,寒冷的西北风裹着成团的雪花扑进来,冻得我不住地哆嗦。水更冷,我的双手浸泡在冷水里,仿佛被无数冰针刺着。

好不容易洗完尿布,又该协助妻给女儿喂奶了。

喂完奶,又到了做晚饭的时间。

等我踉跄着将饭菜端到床上,伺候着妻吃完时,部队的熄灯号音已经吹响……第一天就这样过去了。

第二天……

第三天……

大约一直忙到第十几天上,女儿有了明显变化,小脸胖了,小胳膊和小腿上的劲儿也大起来,时常把小被子蹬得天翻地覆。于是在难捱的夜里,我又多了一份工作:替女儿盖被子。我时常在睡梦中突然醒来,摸着黑把女儿的被角掖好,才复又闭上眼睛。刚迷迷糊糊睡去,又突然惊醒,继续着方才的动作……直至天光大亮。

那日,妻提醒我该刮刮胡子了。我这才想起,似是半个多月未曾理会那些胡须了。对着镜子一瞧,连自己都吃了一惊——镜中那个男人,形容憔悴,两腮瘦削,双眼布满血丝,下巴上的胡须几乎一厘米长了。这就是我么?

妻在旁边心疼地说,瞧你这个假休的,都累瘦了,等出了月子,给你放上三天假,好好地休息休息。

尽管又累又困,我却不敢有丝毫松懈。日里,依旧是忙忙碌碌地洗尿布、做饭、喂奶、逗女儿玩;夜间,为了减轻妻的劳累,我一次又一次地从梦中醒过来,给女儿喂奶粉、把尿、换尿布、掖被角……好在,伺候月子终有结束之时,就在我将要坍塌之际,妻的月子平安度过去了。

　　不过,伺候出月子的第二天,我却躺在了床上。

　　而且,这一躺就是三天三夜。

　　但我不是躺在自家舒适的木板床上补偿一个多月来欠缺的睡眠,而是躺在医院的病床上,胳膊上插着针头。

　　我是被 40 度的高烧击倒的。

　　医生的诊断结果是:劳累过度,病毒入侵。

　　不过,直到今天,我仍然感到由衷地欣慰和自豪。试问当世诸君,爱人坐月子,有几人是丈夫亲手伺候的呢?

　　我是。所以我为此而自豪!

（原载 2008 年 1 月 17 日《工人时报》）

怀　疑

　　列车途经西安站，上来一位装扮入时的漂亮姑娘，按铺号坐在了我对面的那个刚刚空出的下铺上。

　　许是刚上车的缘故，姑娘的脸上显得汗津津的，白皙中泛出了微微的潮红，看上去异常妩媚。见我们铺位的几个男女乘客正抬眼打量她，她略显羞涩，忙低头坐在了铺上。

　　列车鸣着汽笛继续前行。这是由济南发往乌鲁木齐的特快列车，全程要运行 49 个小时。漫长枯燥的旅程拉近了乘客间的距离，人们漫无边际地交谈着，毫无顾忌地说笑着，车厢里的气氛异常融洽。我半卧在自己的铺位上，手里捧一本新出版的《小说月报》，正看得如痴如醉。

　　"您看的是第几期的《小说月报》？"趁我坐起身喝水的空当，姑娘问。我说："第九期，在济南站上车时买的。""噢，这一期的我还没来得及看呢，您看完后可以借我看看吗？""没问题，"我说，"还有最后一个中篇小说了，很快就会看完的。"接下来，我们交谈了起来。姑娘说她是今年的中文系毕业生，想到新疆看看适不适合自己发展。说到这里，她掏出两听可乐，打开一听递给了我。

　　我们喝着可乐，谈到了与文学有关的一些话题。但大多时候都是我在听她娓娓讲述。令我惊讶的是，姑娘对时下国内一些颇有影响的作家及其作品的了解，远比我这个业余为文十余载的书生要丰富得多，这令我在感到汗颜的同时，不由得又生出许多敬重与仰慕。

我暗暗庆幸能够碰到这样一位旅伴，与她交谈，旅程中将会少了许多寂寞。

就在我们旁若无人地大谈文学的时候，不知不觉到了晚饭时间。姑娘让我帮她照看行李，起身去了餐车。我往铺位上一仰，准备抓紧时间看完最后这篇小说，好将书借给姑娘看。这时，我上铺的那位中年男子坐到我旁边，小声地说："小伙子，我看这女的来历不明，很值得怀疑……"我愕然。他继续说："你想想看，她那么主动地跟你套近乎，我看十有八九没怀好意！""不会吧？"我说。他哼了一声："绝对没错！我长年在外面跑，这些事碰得多了，一些女人就是凭着自己的年轻貌美迷惑你们这些年轻的单身小伙，趁你不注意时下手偷你的东西。"

我倒抽了一口冷气。老实说，这类事我也曾在一些报章上读到过，有些漂亮姑娘在列车上主动与你攀谈，并且热情地请你喝饮料、抽香烟，殊不知这些东西里早已暗藏了麻醉剂之类的机关，等你喝完抽完之后，结果便可想而知……想到这里，我心里咯噔一下：糟了，我已经喝了她的饮料！

过了一会，姑娘回来了，见我仍捧着书躺在铺上，便说："你怎么还不吃晚饭呀？"我正欲搭腔，猛地想起了那听可乐和那个中年男子的提醒，于是佯装没听见，继续躺在铺上看书。然而，我心中已经无论如何也不能平静下来了，眼睛盯着书本，却一个字也看不进去，心里始终在盘算着该怎么对付，那可乐里会不会下了麻醉剂？越这么盘算，我越感到那姑娘非同寻常，也就越加后怕起来。

入夜，卧铺车厢里的灯光熄灭了。夜渐深，隔壁铺位传来了沉闷的呼噜声。我感到眼皮越来越沉重了，但我不敢睡去，眼睛始终在黑暗中大睁着，并且不时地往对面铺上扫一眼。此刻，那位姑娘静静地

怀疑　93

躺在铺位上，不知是否已经入睡。我想她或许是在装睡吧，想等到夜深人静的时候下手！我于是命令自己：一定要坚持住，决不能睡！

坚持着，坚持着，我的眼睛还是沉沉地闭上了。

等我醒来的时候，灿烂的晨阳已经照进了车厢。行李架上，我的旅行箱沉稳地躺在那里；衣兜内，我的手机、钱包样样未少；就连昨夜遗忘在茶几上的手表仍然摆在茶几上……

那位姑娘已经洗漱归来，正对着一面粉色的小镜梳理油黑的头发。这时，列车已经驶进新疆境内，透明的阳光洒在姑娘那文静俏丽的脸上，使她显得更妩媚秀丽了。

我想起昨夜对她的怀疑，不由得感到脸热起来。人在旅途，与陌生人交往时的警醒诚然不能少，但也要拿出起码的信任。否则，我们活得就太累了。后来，我把那本《小说月报》送给了那位姑娘，并郑重地向她表达了我的歉意。姑娘静静地听着，微微地笑了，露出一口洁白的牙齿。

（原载 2004 年 1 月 6 日《都市消费晨报》）

雪之梦

仿佛不经意间,初雪落了。

这是一个极寻常的傍晚。事先并未有丝毫征兆,雪花宛若春日的飞絮,寂然无声地来到了人间。

我推开房门的时候,积雪已经掩盖了地面。雪花蓬松犹如铺开一地新棉。几只雀在雪地里嬉戏。望空中,雪花兀自寂然飘落,无风助推,花絮悠然从容,极为耐看。

我的七龄小女欢呼着扑出房门,宛如一只轻捷的小燕子,在松软的地面上欢快地嬉闹。对于未识人间忧愁滋味的女儿,这雪便是童话,便是白雪公主的梦境。女儿的小脸很快沁出汗来,在她的心间,这雪该有多么温暖啊。

不远处,一对情侣正紧密地依偎着,在白色花絮的轻拂下无忧地漫步。我听到了他们唧唧的笑声。对于热恋中的情侣,这雪便是诗歌,是诉不尽的柔情和浪漫。

我的目光却被一缕游云牵引着,望向了遥远的大山。

我知道,山里也正在落雪……

这个夜,暖气包散放出无边的温暖。温暖缠绵着我的困倦。在这个无忧无虑的暖夜里,我走进甜的梦乡。

做了一个梦。竟然梦见了神仙湾——我熟悉着它的名字,却未曾踏上半步。梦里,神仙湾正在下雪,不过雪的形状不似花,却像极了细沙,一团一团地扬着,极其迅猛也极其残酷。雪间,几个兵在巡逻,雪没膝盖。兵们走得艰辛,走得也很细心。雪沙一个劲地灌入衣领,把兵的脸给弄疼了。突然又刮起了大风,地昏天暗,声若狼嗥。

这时候我醒来了。屋子暗着,暖气包内热水流动的声音传过来,无边的温暖正紧裹着我的肢体。

想着方才的梦境,心间漫上一丝冷意。

我竟然梦见了那个叫做神仙湾的地方——那个飞沙连片,雪深没膝,被寒冷禁锢着的永冻层,那个我熟悉着它的名字却未曾相识过它的面目的地方。

我知道这是为什么。

我曾经在真正的山里当过兵。

进山的时候,也是隆冬。积雪早已覆盖了赤褐色的山体,无边无际的寒冷在山间缠绕着,扑向任何一个生命的物体。其实,除却我们这些流着热血的兵和我们乘坐的这辆极老极笨的兵车,其他活的东西在这里异常之罕见。

成为山里兵的最初的日子,我的职业是站岗。

一支自动步枪挎于我的左肩,枪管幽黑,泛着边疆冬夜的星光。那件被几辈老兵的汗水浸过的羊皮大衣,此刻正温暖地裹紧我的瘦弱的肢体。风刮着雪粒,在漆黑的寒夜里奔跑,它们钻进我的大衣的领口,在我的脖子上弄出些麻沙沙的疼来。什么时候不站岗了呢?我常痴痴地想。

新年将近的时候,连长的女人带着孩子来到山里。这之前,山里没有女人,也没有孩童。

雪依旧日复一日地下。女人用冻得红肿的双手,把为兵们洗净的衣服晾在室外的衣绳上,希冀叫山风冻干。湿衣顷刻凝固成坚硬的冰片,宛如脆绿色透明的巨大的芭蕉叶片,在白色覆盖的山巅飘扬成一道生命的风景。

孩子在雪地里游戏。他顶多是上幼儿园的年纪,不知道苦痛,或许也不知道寒冷。他把雪们揉成圆球,从山巅滚落下去,孩子的银铃般的笑声便在山巅嘹亮起来。

这样的画面,在白雪覆盖的山巅重复了许多日子。

这幅画面,也在我的心头定格了许多日子。

直到我逃跑一样离开这座山。

又一个冬天来临的时候, 我正拢了一杯散着浓香的茉莉花茶,坐在机关的办公室里写材料看报纸。

室外,雪花正一朵一朵地飘洒。

一位同事说,走哇,看雪去。

我去了,戴着雪白手套的手中抓着一只相机。

雪下得实在美丽, 一朵一朵绒毛一样的花儿轻拂在我的脸上,我竟然觉出了一丝温暖的浪漫来。

许多日子就这样过去,无忧亦无虑。

但是渐渐的,我的心被失落攫住了。我明明白白地感受到,在那些无忧无虑的欢快的日子里,我实质上总是在竭力地掩饰一种东西,那就是逃离山巅的失落。

失落像一股渗透力极强的水流, 渗进我心的岩石的每个角落。当我娶妻的时候,当我有子的时候,当我与妻女在假日的大街漫步的时候,明明白白的,那山那女子那孩童便真的走进我的视野里,我看到雪团飘飞,我听到笑声如瀑。那雪那笑那山巅的所有,给予了我沉甸甸的失落。

我知道，我不是一个合格的山里兵。在雪的面前，我孱弱成一株枯草；在女人及孩童面前，我无颜称作须眉。

我甚至无颜去回想那座山。

初雪依旧悄无声息地飘落。城市的雪，极柔极绵，宛如千万只花朵轻拂城市的脊梁。室内，黑暗无边，我听到了暖气包内水流的声音，照旧柔柔的，极温暖。

我又入了梦境。依然梦到了覆盖着厚厚积雪的山。

雪花飘飞，山风如嗥，哨兵像松。

那风声，可是山在对我呼唤么？

（原载 2004 年 12 月 9 日《人民军队》报）

风筝满天飞

　　周日,从居所附近的小广场前经过,看见不少人在放风筝。一个七八岁的男孩引起了我的注意。他衣着破旧,手里牵着一只自己制作的风筝。那只风筝很特别,全身用旧报纸糊就。男孩在前面跑得满头大汗,风筝在他身后歪歪扭扭地跳动。虽然飞不起来,他却玩得挺开心。

　　旁边,站着一个民工模样的人,看得出是那个男孩的父亲。他似乎正病着,一个劲地咳嗽。在光鲜的风筝群和放风筝的人群中,父子俩和他们的风筝都很扎眼。

　　有不少人斜着眼瞧他们,目光里充满不屑。

　　男孩却丝毫也没注意这些,牵引着他的风筝,依旧玩得欢。突然,他脚下一绊,摔倒了。看样摔得不轻,他咧了咧嘴,但很快又紧紧地闭上了。那只风筝失去了牵引的力量,挣扎着落下来,不料与别人的风筝缠在一起。

　　"你怎么搞的,弄坏了我的风筝!"一个男人吼道。

　　男孩低着头从地上爬起来。他显得很害怕,不停地看他父亲。男孩的爸爸正往这边走,一边走一边咳嗽。

　　那个男人蹲下身子,整理纠缠在一起的风筝线,他显得很不耐烦,嘴里不干不净地骂着。男孩的父亲也忙蹲下去帮忙,并一个劲地赔不是。那男人却没瞧他一眼。

　　终于理顺了风筝的丝线,男人似乎生气极了,站起身来的时候,踢了一脚那个用报纸扎的风筝。报纸风筝翻了几个滚,"噗"地摔到了几米外。"什么破玩意儿,"男人吐了一口唾沫,"也不嫌到这里来丢人现眼!"

男孩终于哭出了声。是被他父亲踢的。他父亲一边用力咳嗽着,一边训斥:"不叫你到这来放,你偏来!"

这时,广场上空出现了一只硕大的风筝,蜈蚣状,有四五米长。蜈蚣身上装饰了花花绿绿的色彩,飞起来很平稳很耐看。牵蜈蚣的是一个大一点的男孩,他穿着很新潮的衣服,胖圆的两腮红扑扑的,脸上溢满了欢喜。

不少人被这只蜈蚣风筝吸引住了。那个男孩也忘记了挨打的委屈,止住了哭泣,仰着脸,张着嘴巴,看得入了迷。他脸上的两条泪痕在太阳光的照射下明晃晃的。

男孩的父亲从蜈蚣风筝上收回目光,望望放风筝的大男孩,又看看自己的儿子,说:"儿子,回家吧。"男孩听话地捡起自己的报纸风筝,跟在父亲的身后向广场边上走去,一边走还一边回头留恋地望一眼那只蜈蚣风筝。

蜈蚣风筝已经飞得很高了,但它似乎仍不满足,还在扭动着身子往更高处攀升,看样子就要触到云彩了。

男孩脸上写满了向往:"爸爸,咱们的风筝要是能飞那么高该多好啊!"他父亲说:"会飞起来的,儿子!"

于是,男孩兴奋地跳了起来。

(原载 2004 年 4 月 9 日《都市消费晨报》)

免费午餐

中午下班后,同事老姚晃了晃手中的一张纸券,冲我们办公室的哥几个说:"我这儿有张免费餐券,谁去吃?"

世上竟有免费的午餐!哥几个自然谁也不肯放过这等好机会,纷纷举手报名。其他办公室的几个家伙也闻声凑了过来。不一会儿便网罗了八条壮汉,打上两辆的士,雄赳赳气昂昂地向那家名为"长乐宫"的饭店"杀"去。

赶到饭店一看,嗬,摆有20多张大圆桌的餐厅内早已座无虚席,人们正伏在桌前狼吞虎咽地大口吞咽,还有不少人焦急地站在旁边等座位,好一幅热气腾腾的进食图!

闻到香喷喷的面条味,我的肚子咕咕叫起来。面条可是个好东西。尤其对我们北方人来说,吃面条是少年时代过生日才能享用到的。如今虽说不缺吃了,但不掏钱谁给你面条吃?今天中午好了,不仅有各种各样的面条享用,而且不用自个儿掏钱,这等好事真是打着灯笼都难找哪。

老姚向我们解释说,免费午餐是这家饭店推出的揽客新招。凡在这里消费超过一定数额的,饭店都赠送一张免费午餐券,凭这张餐券,10个人之内可以在这里享用一顿免费午餐。午餐主要是面条,有十几个品种,想吃多少就点多少,但绝对不能剩下,否则,饭店将加倍罚款。

好不容易占到了一张桌子,我们呼啦坐下,开始点自己爱吃的面条。这时候，大家伙儿的肚子叽里咕噜全叫了起来，每个人的胃口都显得超常地大起来，所以八条壮汉每人各要了4碗面。不一会儿工夫，冒着腾腾热气的32碗面条外加6大碗卤汁被齐刷刷端上了饭桌。直径长达两米的大圆桌上密密麻麻地摆满了碗，放眼一看，煞是壮观。

邻桌的几个女流显然被我们的阵势吓住了，都停止吸溜面条，一齐瞪圆眼睛，惊恐地朝我们这边张望。

同志们早就饿极了，不用谁发话，都端起碗来，三下五除二就吞下了第一碗。速度之快，令人咋舌。第二碗的速度也不慢。但第三碗开始有问题了，几个哥们下咽的速度明显迟缓。老姚鼓动道："别剩哪，谁剩谁掏钱！"

这一招挺灵，大伙儿咬着牙又消灭了第三碗。轮到吃第四碗的时候，老姚说："别忙，都先松松腰带。"说罢带头将腰带放松了两扣。我对第四碗实在不感兴趣了。但没法子，谁叫咱点了4碗呢？只好硬着头皮艰难往下吞咽了。

最后一碗面条被硬生生挤进肚子里之后，我们哥几个彻底瘫在了椅子上……从这以后，我对免费午餐开始生畏了。那天中午，一伙计又来到我们办公室说："我有免费餐券……"话未说完，办公室几个哥们全蹿得没了踪影。

（原载 2007 年 1 月 3 日《都市消费晨报》）

被老婆管着

闲了，哥们几个在一起穷侃，说到管老婆这个话题上。

牛说，我们家，爷们就是老大，老婆就是个保姆，爷们的事她从不敢说个不字。黄接上说，谁敢打老婆？那是咱，那次老婆做饭晚了，我一脚就踹上了。杜也不甘落后地说，我那个老婆怕我那真是耗子怕见猫，结婚五六年了，她从不敢在我面前耍半点脾气。他们几位，我熟；他们的话，不虚。

各自表白完了，便都齐把话指向我，你小子不是爷们，被老婆管着。

我无言答对，我真的被老婆管着。

老婆在娘家时排行老大，下面有两个弟弟。从小，弟弟们就处在被她管理的地位上，直至今日，两个弟弟对她仍心存敬畏。由此可见，老婆的善于管人实属从小养成的习性。我们成婚之初，老婆就开始把我纳入她管理的范围之内，不厌其烦地对我身上的小毛病们开始修理起来。别喝酒了，别抽烟了，别打牌了，该理发了，该洗澡了，该换衣服了……没完没了。最初，实在有些烦，偶尔也使出犟脾气，就是不听你的，看你有啥招。老婆倒是没别的招数，只是一个劲地坐在床头抹眼泪。你说，咱横竖一个大老爷们，在女人的眼泪面前怎能无动于衷呢，只好乖乖地照着老婆的号令去行事。就这么着，结婚五年多了，老婆还真把我的毛病给修掉了不少，也把我从当初的瘦麻秆队伍里给修到了胖嘟嘟行列里，难怪数年不谋面的老友一见了面就咋呼,你家伙这几年掉到福罐子里去了吧。我不说话,只是嘻嘻地乐。

顺便说一句,我们家理财的大权也是媳妇一手掌着。什么时候置什么物件,孩子入托花销,给老人寄钱,总之一句话,家务上的事儿大都由她一人操作。咱落了个清闲自在,只管上班下班,读书写作,好不悠哉。

当然,作为家庭里的一员,咱也不能老当甩手掌柜,那样就有些太不像话了,所以,辅导孩子、换煤气、扛面粉,尤其是制定家庭发展的大政方针等等,这些大事要事费力气的事,不用老婆吩咐,咱都挺身勇挑重担。

当个怕老婆的男人,其实是很幸福的,不信您也试试。

(原载 2000 年 11 月 4 日《乌鲁木齐晚报》)

丢了一回人

我是那种寻常男人，衣不光鲜，貌不出众，走在人群里，就像一粒沙子落在了沙堆上，想要找出我来不是件容易事儿。但有一天，我忽然成了个引人注目的人物。

那是个周日。中午饭后，老婆在洗锅涮碗，闺女在玩她的动物小贴画，而我则躺在沙发上迷糊。矇眬中，听到老婆说："我和闺女去西单商场买东西了，4点时你去商场门口接我们，可别忘了，啊！"我含混地应了声，接着就沉入了梦乡，连老婆和闺女出门都没听见。

当我睁开眼的时候，糟了！墙上石英钟的时针正好停在4上，而分针已经指到了6。误半个小时了，老婆和闺女该不依了！我赶紧从沙发上蹦起来，蹬上鞋子蹿出了家门。

门口就是公交车站，一辆2路大巴正准备起步。我连忙招招手，小跑着跳上了这辆公交车。车厢里人很多，我挤到他们中间，摇摇晃晃地向4站路开外的西单商场奔去。

公交车跑起来后，我突然觉得周围弥漫起一股与往常不一样的气氛。就在我的身边，一个装扮时髦的美眉正不错眼珠地盯着我看，见我的目光迎过去，她竟不避也不闪，还冲着我莞尔一笑，露出两个甜甜的小酒窝。俺的天！乘公交车多年，咱还从没碰上这等待遇呢。正莫名其妙间，一扭头，发现一名中年妇女也在盯着我看，见我看她，也是冲我一笑。我赶紧看看其他人，怪了，周围男男女女都在看我，都在冲我微笑！我心里一哆嗦，到底怎么啦这是，难道俺老柳忽然间魅力大增了起来？

很快便到了西单商场。我跳下车的时候，发现老婆和闺女正提着几大包东西在门口等我。见到我，娘俩非但没怪罪下来，反而也紧紧盯着我的脸看，边看边止不住地笑。

我赶紧摸摸鼻子、嘴巴和耳朵等几个重要器官，发现它们并无异常，依旧好好地长在原来的地方。乐啥呢？

面对我的疑惑，老婆打开她的随身手包，取出一面小镜递到我眼前。我一看，刹时被臊得满面通红——

我的额头正中央，贴着一个 2 分硬币大小的粉红色蝴蝶贴画！那蝴蝶翩翩欲飞，那色彩鲜艳无比，极为扎眼。

这是宝贝闺女的恶作剧。她上幼儿园的时候，我和老婆经常用这些东西打扮她，想不到今天，她用这些东西打扮了我一回。唉！想咱一个奔 40 的爷们，额上贴这么个玩意儿出了门，一路上还左瞧右看，真是把人给丢大发了！

（原载 2006 年 9 月 7 日《新疆都市报》）

负重的小人儿

2003 年元旦到了。六岁的女儿背着沉甸甸的书包,去离家几公里以外的小学校念书已经满了一个学期。

我至今记得夏天给女儿报名时的心情。那天,天气闷热。我神情肃然地在入学登记表上写下女儿的名字后,心里突然涌上了一股复杂的滋味。曾几何时,我和妻还将女儿捧于掌上,扶她学步,教她习语,不忍她离身半步,如今女儿就像初飞的小鸟,振动着翅膀渐渐远离家门了。

报名后的许多日子里,我时常默默伫立窗前,脑子里反反复复叠映着女儿背起书包去上学的画面——

我似乎看到,女儿背着沉重的书包,在嘈杂的马路上独自过往的情景。那个小小的人儿从此走上了父辈曾经走过的那条负重道路,她孤单瘦弱的肩膀上背负了生存的竞争与压力,也背负了我和妻的希望。或许从此之后,在幼儿园碧绿的草坪上,将不再有她尽情游戏的身影;在热闹的动画片世界里,也不再有她无忧无虑的欢笑声。而在紧张的校园里,在幽暗昏黄的台灯下,在伴着星光晨读的人群中,那个小小的人儿将会捧着课本,捏着铅笔,在无休止地读着那些永远也读不完的书,写着那些永远也写不完的作业……或许还会有师长严厉的批评,有父母大声的责骂,有同学嘲弄的讥讽,还会有泪水和叹息……

我的心突然被揪紧了。女儿一天天长大,她的快乐却被一天天地剥夺了去。或许这就是成长的过程，每个人都必须从这个过程里穿过去。想想我们自己，不正是女儿们的未来么？我们从小学而中学而大学而工作，分数、升学、择业、待遇，哪一样不沉重如山，不浸满烦恼？

　　成长意味着烦恼，生命难以避免负重。或许正是在烦恼和负重的征程上，人才能不断成熟，人生才会拥有更多的收获。这就是人生的规律，我们每个人都不足以有能力去改变。所以，我对女儿唯一能够做的，就是纵容她的固执和任性，让她在步入校门之前的这段日子里，能够用她自己满意的方式，去轻松快乐地度过每一天……

　　如今，女儿成为学生已经半年。她已经习惯了早起去挤车，习惯了边走路边啃面包，习惯了一次次考试，习惯了没完没了的作业。每天，女儿红扑扑的小脸上都挂满了笑容。然而，望着女儿笑红了的小脸，我心头的滋味却实在轻松不起来。毕竟，她不能甩脱人生的重负。我似乎看见那无形的压力，正宛如山体一样压在她稚嫩的肩上。

　　唉，负重的小人儿，无奈的小人儿！

（原载 2003 年 4 月 27 日《兵团日报》）

放爆竹

　　爆竹声中一岁除,春风送暖入屠苏。新春佳节燃放鞭炮的习俗由来已久。记得小时候,一走近腊月的门槛,供销社的柜台上便开始摆出了各色各样的爆竹,清亮的爆竹响声在故乡覆满白雪的村子里不停地炸开,那清脆悦耳的声响为隆冬萧瑟的村落平添了无限生机和欢乐。

　　兴许是性别的缘故,从记事时起,我对爆竹就有着特别的好感。只要听到外面传来放爆竹的声响,我会马上丢开正捧着的饭碗,寻声而去,直到两只耳朵灌满了嗡嗡的鸣声,才心满意足地回家。那时候,放爆竹炸伤人的事件司空见惯,我就曾亲眼目睹了一个比我大几岁的孩子被炸瞎了一只眼睛。所以在我七八岁之前,父母生怕我被爆竹伤害,对我看管甚紧,从不让我单独出去放鞭炮。大约八九岁之后,我爬树捉鸟下河摸鱼无所不能了,父母这才放宽了对我的看管"政策",我的欢乐随之多了起来。

　　小时候的爆竹种类远没有今天这么齐全,安全系数也不像今天的爆竹这样大。我记得那时乡下常见的有一种红爆仗,每一枚都用红纸卷成,粗若拇指,捻子不长,引爆过程很短,点燃后,喷出一阵急促的火星,紧接着便轰然炸响了。有时人还来不及躲开,那爆仗就在身后炸了,震得脚下的大地都颤动起来。这种红爆仗的威力非常之大,我们曾经用它在河里炸冰,轰隆之声过后,拳头厚的冰面便被炸裂开许多道纹痕,河水汩汩地往外涌。因其威力非比寻常,所以,一

夏

般小孩子是无论如何也不敢放的。我那时比较大胆,经常将这种红爆仗插在砖墙的缝隙里,自己躲在墙角,用香火去引燃药捻,然后屏气静神,像等待闪电过后的炸雷一样等待着那声剧烈的轰鸣。

　　一次,一枚红爆仗被我点燃后,火花伴着白烟呲呲地喷吐出来。但是,超过了预想的时间后,那爆仗却没有炸响。我猜测一定是遇到了哑炮,于是没细想,伸出手去欲取下那枚爆仗。不料,"轰隆"一声,爆仗在我手边炸碎了,炸开的碎纸片击中我的右手,顿时鲜血直流……直到今天,我右手中指仍留有一条明显的疤痕,每望见它,我便会想起那些红爆仗,耳边又飘起了嗡嘤的蜂鸣声。自那次"挂彩"之后,我对放鞭炮虽然生出了一些畏惧,但喜爱之心却丝毫未减,只是在每次放鞭炮时,始终小心翼翼,严加防备,自然,"流血事件"再也没有发生过。

　　我喜欢放鞭炮,不只为那热热闹闹的声响,而为的是去制造和欣赏那种红红火火的节日氛围。所以,从记事到今天的二十多个春节里,我差不多在每年的除夕夜都要亲手点燃一挂鞭炮,亲眼看着它在寒冷的夜空炸响,让那红红火火的爆炸声送走旧岁的黑夜,映亮新年的晴空。

　　如今,又到了辞旧迎新的喜庆之夜。在距家万里之遥的边疆军营,我早已把那红红的鞭炮悬挂了起来,随着零点钟声的敲响,点燃了又一串红红火火的希望。

（原载 2003 年 1 月 29 日《乌鲁木齐晚报》）

电话传情

　　1996 年的早春。那是个冷意彻骨的日子,我依依不舍地告别了妻和不满两个月的女儿,独自踏上了东去上海的列车,由此开始了我的为期半年的军校学习生活。

　　此次远离家门外出学习,是我人生道路上的一个重要转折——通过半年的培训,我将正式步入人民解放军军官队伍的行列。所以,我分外珍重这次学习机会。然而,最叫我挂心的并不是学习上的压力,而是远离山东家乡的妻子和襁褓中的女儿。在边疆寒冷的早春,没有一个亲人在身旁给她们照料呵护,她们会不会挨冻受饿? 会不会生病受苦? 在那列东去的火车上,我毫无睡意,执拗地靠在车窗边,盯着窗外一闪即逝的枯树和秃岗,脑子里反反复复缠绕着这些念头,三天三夜中睡了不足十个小时。

　　在上海站下车已是晚上,正遇上下雨。雨丝斜飞,冷风凄凄。这愁雨,这心绪,使我对仰慕已久的大上海的好感淡去了许多。被军校接站的大巴拉到目的地后,熄灯号早已吹过了,这个夜,躺在异地的木板床上,聆听着室外渐渐细雨,遥想着数千里之外的妻女,我一夜未眠。

　　第二天,雨照旧下。学友们兴致勃勃地冒雨在校区内参观,我则哪里也未去,卧在床上为妻写平安家书。一位学友凑过来说,写啥呢,到外面去打个电话得了呗。

　　打电话? 一语令我的心儿猛跳起来,但我很快就失望了。那时候,电话远没有今天这样普及,不要说在我们那个靠腾出来的一间库房栖身的简陋的家里,就是在周围其他战友的家中,也都很少有人安装电话。然而,打电话的念头却仿佛在我的心底生下了根,怎么也挥不去了。

我开始挖空心思地回想每一个离我家近的人家,张干事?王参谋?家里都没有电话。刘助理员?不行,他家虽然有电话,但离得太远了,妻抱着两个月的女儿去接我的电话,要是女儿冻感冒了怎么办!突然,我想起了李副处长家,他与嫂子是我的老乡,我和妻曾去过他家,他家里确实有电话,而且相距也不远,尽管不知道他家的电话号码,但通过部队总机可以查询到。想到这里,我几乎欢喜得跳了起来,我仿佛已经听到了妻的亲切的声音。

转眼到了周末。那天,天阴得厉害,冷风嗖嗖地吹。我早早请好了假,赶到南京路电信局拨打半价电话。离家七八天之后,在这座遥远的陌生的阴冷的城市里,通过凉冰冰的话筒,我真切地听到了妻的温暖的声音。那一刻,我双手抱紧了话筒,心颤抖,话颤抖,眼睛潮湿了……走出那家电信局,走在早春的阴冷的街头,感受着妻的轻柔的问候与关怀,我觉得心间充盈了一股浓浓的暖意……

从此之后,电话成了我最亲密的伙伴。在那些远离妻女的日子里,从乌鲁木齐到上海,因了电话架起的这道爱之桥,我们的距离很近,我们的心间永驻了温暖。

(原载 2002 年 3 月 27 日《都市消费晨报》,获优秀征文奖)

打着灯笼找书

人生三十余载，日日与书为伴，看过许多书，也买过不少书，与书之间发生的故事可谓不胜枚举，然而最令我难以忘怀的，却要数少年时打着灯笼找书的事儿了。

那年，我在村办小学读四年级。尽管识字不多，但已开始对看长篇小说产生了浓厚兴趣，只要稍有闲暇，总喜欢缩在墙角，晒着暖洋洋的太阳，捧着一本厚实的"大书"看得如痴似醉。那时候，尽管书中生字颇多，内容多半难以理解，亦买不起字典帮助阅读，只有通过那些字的偏旁部首猜读音，比如把"邢大嫂"读做"开大嫂"。每看完一页都显得比较费力，但我照样读得物我两忘。

那时，家里很穷，自己根本买不起书看，我读的那些"大书"都是从同学家借的，而且讲定了还书期限。为了在规定日期把书看完，我连吃饭的时间都不浪费，经常左手抱着书，右手抓着一摞地瓜干，边啃边看。

但那时候，即便是一个十来岁的小学生，课余也难得有大块的时间看书，而须得去做一些力所能及的劳动，帮着家里挣工分。记得一个星期天，做完作业，母亲嘱咐我去村西小河边割青草，卖给生产队饲养室换工分。临出门前，我悄悄将一本新借的长篇小说《新儿女英雄传》放进了提篮里，打算趁劳作休息的时候美美地看几页。

河边青草茂密，一会儿工夫就割满了提篮。见太阳还高挂在天上，我放下镰刀，捧起书，坐在小河边惬意地读起来。《新儿女英雄传》是抗战题材的长篇小说,情节跌宕起伏,扣人心弦,我很快融入故事里,忘记了一切。等书上的文字变得模糊一片时,我这才惊觉:天黑了!于是赶紧把书掖进提篮里,背起提篮就往村子方向跑。

等我大汗淋漓地在自家小院里放下提篮时,天已经黑透了。我顾不得擦汗,忙伸手去提篮里摸书,糟了,书不见了!我连忙将提篮里的青草倒出来,仔细翻找,依然没有书的影子。我心想,坏了,一定是路上心急火燎地跑丢了。不行,得回去找!

我赶紧点上一盏煤油灯笼,循着回家的路线找去。

初秋,夜幕下的乡野,庄稼林立,虫鸣连天。即便是大人走在这样的野地里,心里也会发怵的。但此刻我顾不得害怕了,满脑子只有一个念头:找书。谢天谢地,在一道旱水沟里,昏黄的灯光照到了那本厚厚的书。一定是我跳越水沟的时候,书跌落出去的。我连忙扑上去,把书牢牢抓在手里,不料却忘记了手中的灯笼,就在我扑倒在地的刹那,灯笼也摔到地上,玻璃灯罩碎了,灯灭了……

一晃,这件事儿过去了二十多年。今天,我能够随心所欲地去购买自己所喜欢的图书了,但不知为什么,我总忘不了秋夜里的那盏昏黄的灯光和那个心急如焚的找书少年。我想,今天丢了书,还会不会有人去寻找呢?

(原载 2002 年 6 月 3 日《都市消费晨报》)

飞来的合影

那日翻看影集，突然被一张合影照片吸引住了。照片上的我身穿空军士兵服装，站在雄伟的天安门城楼前，我的身边立着一位漂亮的女孩，正吟吟地浅笑着。

这张照片摄于1992年初夏。女孩姓甚名谁，我至今也不知道。只知道女孩来自海滨城市青岛，说着一口好听的胶东普通话。端详着照片，我的思绪不由得回到12年前——

那年初夏，我从乌鲁木齐部队回山东高密探家。在驶往北京的列车上结识了一瘦高一矮胖两名男青年和一个女孩，他们跟我一样，都是到北京站转车换乘发往青岛的火车的。车到北京后，因离发车还有七八个小时时间，经两名男青年提议，我们便寄存了行李去游览天安门广场。

尽管相互间刚熟识，但因为同属胶东老乡，彼此又都很年轻，我们几个倒也不觉得生分，一路上说说笑笑，很是融洽。但这种气氛很快便消失了。问题出在那个瘦高个男青年身上。刚到天安门广场，他一把握住了那个女孩的手，提出与她携手同行，被女孩厌恶地甩开了。瘦高个仍不肯罢休，又殷勤地提出替女孩背着肩上的小包，再次被拒绝。我见状对瘦高个说："大家既然走到一起，还是友好地相处吧。"可能是军人的威严起了作用，瘦高个这才变得规矩了起来。佢时间不长，又旧病重犯。在一照相摊前，他厚着脸皮对女孩说："走到一起是缘分，咱俩合个影作纪念吧。"说着，伸手就搂住了女孩的腱腨。女孩挣扎了起来，却没挣脱瘦高个的纠缠，她把求援的目光投向我，并向我伸出了手。我没有多想，一下扑到瘦高个身边，三两下就把女孩解救了出来。接下来，女孩紧紧拉住我的胳膊，拽着我向瘦高个他们相反的方向跑去。

远离了瘦高个的纠缠，女孩轻松起来，她一会跑到这边看看石狮子，一会儿又跑到那边摸摸朱漆古门，玩得非常开心。后来在天安门城楼前，女孩真诚地说："我从小就敬重解放军，跟你们在一起心里很踏实。咱俩在这里合个影留念，好不好？"于是，我的影集里便有了这张照片。

时间已经过去了十多年，影集里的照片也已泛出淡淡的黄色。那位陌生女孩的音容早已从我脑海里淡出，或许她已经成家生子，或许也已经彻底忘却了这段小经历。但我却始终记着女孩对我说过的那番话。虽历经十多年风雨，那充满真诚和信任的话语始终在我心头清晰地响动着。

我常想，军人这个称呼，不仅仅是对一种神圣职业的称谓，更是正义和责任的化身，这也正是军人的美丽可爱之所在。一位漂亮的妙龄姑娘能够主动要求与一名素昧平生的军人合影，就是这种美丽的必然结果。

（原载 2004 年 3 月 23 日《工人时报》）

背后下手

友人黄属于比较前卫的那类人物,当黄毛红发尚未成为街头时尚时,黄就敢于领导潮流,毫不犹豫地将爹娘遗传的黑发染成了蛋黄色。那日,黄昂着黄色的瘦头,在大街上招摇过市,惹得孩童看黄鼠狼一样在后面追尾,老太太小媳妇宛如避怪物一样老早躲开。黄自我感觉甚好。

回到家已近傍晚,黄爸黄妈张罗了一桌好吃的,正坐于桌前等黄。黄像往日一样开锁进门,嘴里吹着一支流行小曲。然而,迎接黄的却没有往日的问候,这令他颇觉诧异。"老爸老妈,你们都怎么啦?"黄一边往沙发里扔外套,一边问。听到儿子的声音,黄爸黄妈这才像做了个长梦一般醒过来,但紧接着便是一阵暴风骤雨的臭骂。"你个混账小子,到哪去弄了头黄毛,丢人现眼!"这是黄爸的粗嗓门。黄妈的嗓门也不在黄爸之下:"你个小活祖宗哪,你是成心叫我和你爸没脸出门见人怎的,哪样丢人你做哪样,我们上辈子造了什么孽呀!"

接下来,黄爸用力砸碎了一个挺便宜的玻璃杯,黄妈使劲踹了两脚沙发腿。黄说:"瞧你们那老土样,这都什么时代了,人家广州上海的老爷爷老奶奶都这打扮了,你们还大呼小叫的,真是没见过世面!"黄不吱声倒罢,他这一开腔,又招致黄爸黄妈一顿疾风暴雨的攻击,看两人痛心疾首的样子,好像恨不得要把黄生吞了似的。

人都说:独生子小皇帝,惹不得碰不得。这不,黄发威了:"够了没有,你们都给我闭嘴!"扔下这句话,黄跺了两脚地板,之后冲进自己房子,反锁了房门。

别说,这招还真是挺灵验的,黄爸黄妈果真不再吱声了。黄将耳朵贴在门上听了半天,只听到老妈用力擤鼻涕的声音,不闻老爸半点责骂声。黄宛如迎来了巨大的胜利一般,一个猛子扎到床上,捧着画报上剪下的张曼玉,不由得得意洋洋起来,心想:"跟我斗,哼!"

正得意着呢,门外又响起了声音。怎么,第二轮进攻又开始了?不对,是敲门的声音。黄妈说:"儿子,我和你爸不怪了,出来吃饭吧,你上了一天班,早饿了吧。"

黄妈这一提,黄倒真觉得肚子咕噜起来。于是便借坡下驴,佯装十二分不情愿地坐到了饭桌前。别说,黄爸黄妈还真是言出必行,果真不再对他的黄头发说三道四了。

饭后,电视里的明星作秀看到半拉子,黄突然觉得瞌睡得不行了,于是倒在床上大睡起来。夜里做了个梦,自己黄发飘摇,正驾云而行,后面跟着刘德华、张曼玉,真是好不威风……突然,下雨了,淋湿了自己的黄发,这还得了,得赶紧找地方晾晾,顺便再把发型固定一下……

第二天醒来时,黄对着镜子大哭:自己那头别致的黄毛不见了,只留下一个光瓢,还泛着青油油的光。敢情是黄爸黄妈趁儿子熟睡之际偷偷下手,给一点不留剃掉了。

（原载 2002 年 5 月 19 日《青年快报》）

大　葱

在外地出差时,妻打来电话,该说的都说完之后,末了来了一句:"单位又开始供应冬菜了,有白菜萝卜和大葱,我每样里买了一些。"我说:"千万别忘了大葱,多买点!"挂上电话的那一刻,我似乎又闻到了大葱香。

生在胶东,与大葱结下了极深的缘分。记得很小的时候,家家户户都有一个小菜园子,一家人一年四季的菜蔬都由它供应。那时,大葱是小菜园的主角,这不仅因为大葱好侍弄,产量高,更重要的是它的食用价值,不仅能腌拌炒煮,还能生食。只要你略微弯下腰,从密密匝匝的葱地里薅出任何一棵,剥去老皮,即可入口。那些年,一根大葱,就一块玉米面饼子,就是一餐很有味道的饭了。食者腮帮隆起,汗流满面,那份痛快劲儿就甭提了。

1986 年年底,我参军来到新疆后,时常到炊事班拿大葱解馋。那时候,部队伙食费比较低,吃得不够好,尤其到了冬天,一日三餐都是土豆、白菜、萝卜"老三样",吃厌了,大葱更成了我的亲密伙伴。见我吃得香甜,一些南方籍战友眼馋起来,也剥来一根大葱,刚吃了一口,就被辣得眼泪鼻涕直流,从此他们只有看着我吃眼馋的份儿。

成家后,找了个不吃大葱的媳妇,非但她不吃,还限制我的自由,不准生食大葱。理由是生吃没营养,对胃不好,更重要的是有股怪味。刚组建小家庭的最初两年,妻连炒菜都不放葱花,大葱在我们家几乎绝了迹。那些年购买冬菜,妻连正眼瞧大葱一眼都不肯。我偶尔耐不住大葱的勾引，在外面饱食一顿回家，妻至少要躲避我两天。

不过，事物不会一成不变，近朱者迟早要变赤。妻尽管像防贼一样防大葱，但结婚几年后，也渐渐地被我改造了过来，先是炒菜时开始放葱花，你别说，炒菜时用葱花在油里爆锅，那菜的滋味就是不一般。接下来对我啃大葱的行为极少制止了。再接下来，筷子也开始往我用酱油腌的一盘大葱里伸了。妻夹起一小段葱白，小心翼翼地放进口中，皱着眉头轻轻一嚼，眉渐渐舒展开了，随后便有了第二筷子、第三筷子。今天，大葱也已成了妻的朋友。

从去年开始，在我们家的冬菜储存单上，大葱已经坐上了第二把交椅，其数量仅次于大白菜。将买回来的大葱放在太阳底下暴晒几天，待外层的老皮干硬起来，然后往阳台的角落里随便一放，你就再也不用管它了，随时吃随时拿，一直能吃到第二年的清明节。

葱味甘中带辣，就像我们的生活，既有甜蜜，也有挑战，而充满了甜蜜和挑战的生活，才是真正幸福的。

（原载 2002 年 11 月 5 日《生活晚报》）

行不更名

柳金虎是我的本名或曰真名，乃父母所赐，已经陪伴我三十余载，成了我不可分割的一部分。这些年，我用这三个方块汉字在报纸上发了几百篇文章，居然也混了个"脸儿熟"，令不少朋友记住了这仨字，叫我心里颇有些激动。

在记住我的人们里面，有一些是文友，且亦常在乌鲁木齐的几家报纸上露脸，如李小芬、赵砾、郭松、刘江伟等诸友，尽管也有争鸣和批评，但他们却都是用善意的目光接触"柳金虎"这三个字。另外还有一些也被我称为朋友的人，对"柳金虎"这仨字儿却并不赏识，甚至摆出一副视我为仇的样子，提起"柳金虎"这个名字，要么讥讽要么嘲骂，言辞极为不恭，这多半是我的稿子曾经批评过他们的缘故。我曾在晚报上披露过一个卫生极差的小吃店，后来那店主好生了得，竟然循着"柳金虎"这三个字找到了我的门下，一副很凶恶的样子，颇有些上门问罪的吓人架势，令我好一阵惴惴。当然这是前几年的事了。我把这件事对一位文友讲了，他劝我使用笔名，说是最好学学人家鲁迅，放一枪换一个名。我后来试着用了几个笔名，诸如树不直、木头卯、肖柳之类，也都发过几个东西，这下倒是不用担心被人找上门了，但自己心里总感到别扭。细想想，我怕谁呢？路见不平，仗义执言，这要放在言论不畅的过去，尚且都算得上英雄好汉的行为，被民间广为传扬，但是在言论相对宽松自由的今天，我实施正当的舆论批评，却干嘛非得把尊姓大名隐藏起来，躲躲闪闪的，不敢光明正大地走路，真是！这么一想，我的山东倔汉的犟脾气上来了，去他的笔名，还是"柳金虎"仨字用着痛快！于是在那以后作成的文字里，我始终未再用过笔名，尽管麻烦事确实惹了不少，但心底始终比较坦然。

有人说，名字是个代号，但我觉得更是个品牌。代号只是一种取代的符号，旨在掩饰真相，让人识别不出庐山真面目。如"007"、"008"之流，用到人的身上，目的就是为了替代原有名姓，便于开展秘密活动。因此，代号是无所谓责任的，也没有时间和空间的约束。但是品牌正相反，它的特性是恒久，因此须得从一而终，须得名副其实。试看天地间，把名字当成代号经营的人有不少，但有几人能够把堂堂正正的清名彪炳史册！倒是那些视名节如生命、恐污清名于浊世的人们，殚精竭虑维护自己的清誉名声，最终站成了历史长河中的一道不朽风景。

可见，名如其人、文如其人，并非空口之谈。咱虽是凡夫俗子，比不得大名先贤，但是叫定了"柳金虎"这个名字，这三个字就是此生我行走人世的执照，也是我品行秉性的写照，还是花真功夫把这个名儿好好经营下去吧。

小稿收尾处，咱也学学梁山泊众好汉单手一指，大吼一声：呔！俺行不更名、坐不改姓，山东柳金虎是也！

（原载 2003 年 6 月 15 日《兵团日报》）

女儿的答案

　　早餐的饭桌上，摆着一块蛋糕和一个馒头。毕竟蛋糕比馒头好吃些，所以未等我和妻发言，7岁小女便一把抓走了那块蛋糕，之后旁若无人地大嚼起来。——其实从小女诞生至今，我们把好吃好喝的始终先让给她，她似乎觉得吃那块蛋糕天经地义，所以根本就没必要有什么犹豫。

　　望着顾自吃喝的女儿，我突然感到了一丝隐忧。昔日孔融3岁便知让梨，而今小女7岁却想不到谦让，如此发展下去，岂能得了！于是，我给小女讲了下面这个故事：

　　"抗美援朝时期，几十名志愿军战士被困在一个坑洞里，弹尽粮绝，仅剩了一只苹果，不少战士都被渴得昏迷了过去。连长决定全连人员轮流咬一口苹果……"

　　见小女听得认真，我突然提出问题："假如你在这个连队里，你会怎么办呢？"女儿很认真地想了一阵子，回答道："如果我咬一大口，别人就没的吃了；如果我咬一小口，自己还会挨渴……还是咬不大不小的一口吧。"

　　我继续讲那个故事："每个战士拿到苹果后都很小心地咬了一点，结果一圈转下来，那只苹果还剩了大半。"

　　故事的结局，显然很出乎小女的意料。她不解地瞪大双眼，问我："为什么那么多人吃不完一个苹果呢？"

　　我说："大家都需要苹果解渴，也都想吃苹果，但是又都不舍得吃。为什么不舍得吃呢?因为他们都想把苹果留给别人,所以自己只吃一点点。这就是谦让。"

听到这里,女儿突然脸红起来,把手里的蛋糕塞进了我手里。我说你是小孩,蛋糕还是你吃吧。女儿说,爸爸工作辛苦,还是留给爸爸吃吧,妈妈你说呢?

我和妻都笑起来。尽管那块蛋糕最终被女儿吃进了肚子里,但她却由此明白了谦让的道理。实际上,孩子的心地如同一张纯洁无瑕的白纸,家长怎么教育,孩子就会做出怎样的答案。答案是否正确,关键看家长教得如何了。

（原载 2003 年 3 月 25 日《乌鲁木齐晚报》）

醉　话

　　生性脸皮薄，尤不擅与陌生人吆五喝六。不过也有例外的时候，那就是半斤老酒下肚之后，双目发直，嘴唇僵硬，舌头拐弯不大灵便了，这时候话却奇多起来。

　　几年前，与妻回故乡探亲。那天，妻的一位远房表舅登门，岳母张罗了一桌酒菜款待，命我作陪。

　　表舅是个老实巴交的农民，我与他素未谋面，彼此之间话也不多。开始几杯酒吃得有些沉闷，我提议道："表舅，来，我们干了这杯。"他于是端起杯子，与我当啷一碰，仰头一饮而尽，之后夹菜，咀嚼，下咽，别无他言。

　　孰料几杯酒吃进肚子，我们两人彻底变了模样。

　　先是话多了起来，吃喝拉撒睡，油盐酱醋茶，絮絮叨叨的，想到哪儿就说到哪儿。表舅说："我琢磨着，生吃酱油的滋味比不上做熟了香，熟吃不腥气，用它腌大葱，没治了。"我说："白酒烫热了喝劲太大，一盅起码能顶两盅。"表舅说："黄瓜生吃能治病，不信你试试……"

　　继而话大了起来，什么美国总统联合国秘书长，全不放在眼里了。表舅说："总统不见得有咱舒坦，他们得动脑子。"我说："联合国那个秘书长活得更累，成天东奔西跑的，简直就是全世界的大仆人！"表舅说："甭说咱成天在土里刨食吃，可咱活得舒坦，神仙着呢……"

再接下来话就有些不甚得体了,我俩连各自的辈分都忘了。只见表舅端起酒杯往我面前一伸,颇有些豪放气概:"老弟,好酒量哪,来,咱哥俩再干一个!"我端起酒杯与他当啷一碰,说:"大哥,干了!"表舅说:"老弟,我看你们这些在外闯荡的人有个毛病,怕老婆!"我说:"怕老婆好哇,怕老婆有饭吃,有福享哪……"

见我们两人喝到这分上,妻开始武力干预,把我的杯子抢走了。表舅见状颇为不快:"弟妹,俺老弟这么老实的人,您别老是欺负他!"妻说:"表舅,你们两人都喝醉了!"表舅说:"谁说俺醉了,俺清醒着呢!"妻哭笑不得:"我是你外甥女,怎么又成了你弟妹呢?"表舅眨巴着眼皮,说:"都一样,叫啥还不都一样呢……"

话没说完,一巴掌落在了表舅的肩上。原来是表舅母寻上门来了。表舅说:"谁家的老娘们,俺又不欠你的钱,凭啥打俺……"妻说:"俺表舅母怕你喝醉了,来看你哪!"表舅闻言脸色骤变,酒亦醒了大半,趁我们不备抬脚就跑,但表舅母的一只鞋子早已飞到了他的屁股上。

(原载 2003 年 3 月 20 日《都市消费晨报》)

学　戏

记得小时候,家乡胶东一带风行唱戏,我们村里的男男女女老老少少最爱唱的是一种地方小戏——茂腔。

夏天,一到晚上,大人小孩往打麦场边上一围,村中会唱戏的人往中央一站,破旧的锣鼓家什一敲,顿时曲乐婉转,茂腔缭绕,夜深不散。

因了这种熏陶,我八九岁时就迷上了茂腔,且边看边模仿,到13岁时已能唱出十几个段子了。

有一次,打麦场上演出茂腔《罗衫记》,可人们都聚拢好后,一个扮演戏中二号角色的"演员"却迟迟未到。

这时,不知谁嚷了一声:"让金虎唱吧。"

也正是少年胆壮,不知地厚天高,我大大方方地走到场子中央,扯开嗓子唱了起来。一曲唱罢,叔伯婶子们赞赏地拍着我的肩膀说:"唱得真好! 好好学,学好了将来到县剧团里唱去! "

那时,县城里有个茂腔剧团,经常到乡下演出。我们村有位小学老师就被招了去写戏唱戏,很是风光,这在当时算是相当荣耀的事了。我开始暗下决心,一定要用心学戏,将来也报考县剧团。

从此,我想方设法打听县剧团下乡演出的消息,只要听说在附近村镇有演出,不管刮风下雨,都要跑去看戏,一招一式地用心模仿。

那时,乡下没有戏院,剧团下乡演出往往就在小学校园的操场上,用围墙作屏障,观众从学校门口持票入场。为防止有人逃票,剧团挑选了十几个精干的汉子,臂上都缠一圈红布,手中拎着一根木棒不停地在周围巡视。

尽管门票只有一角钱,但我那时却买不起,只好像其他一些小孩子那样翻墙头、钻地沟,想尽一切办法往学校里钻。

一个早春的晚上,天气寒冷,我跑到邻乡去看戏。刚爬上墙头,随着一声断喝,两脚就被一双粗壮的大手扯住了,整个人被硬生生地从墙头上拽了下去。屁股上挨了两脚且不算,我头上戴的那顶大哥特意从部队刚寄回来的崭新的解放军帽也被那家伙没收了。

那个寒冷的晚上,我蹲在学校的围墙外面,听着婉转凄凉的茂腔,心疼着那顶心爱的帽子,哭了好久……

后来,农村实行包干到户,人们忙碌起来,再也无暇看戏了。不久就传来一个消息:县茂腔剧团解散了!解散的理由是这种小戏的观众太少,入不敷出,已经养不活剧团了。

猛然间,我的学戏梦也醒了,几年后参军离开了家乡,如今二十多年过去了,一想起儿时学戏的日子,便别有一番滋味在心头。

(原载 2004 年 2 月 26 日《都市消费晨报》)

老凡的幽默

老凡乃我一朋友。名如其人，凡夫一个。这些年，下岗、再就业，但凡一般人碰到的事儿，他全都碰到了。生活虽然磕磕绊绊，但老凡的日子过得却也有滋有味。

情　人

老凡的老婆靠摆地摊发了点小财，日子过得比先前滋润多了，每天晚上老凡都能就咸鸭蛋呷二两老烧。

这时候，"情人"一词在社会上颇为流行。电影电视剧里，不整出几个情人不算一部戏。而这些情人大都是些粉头嫩脸的角色，每每看得老凡眼珠子发酸，嘴巴像合不拢的小簸箕，某些时候还会蹿出一串哈喇子（方言：口水）。

这天晚饭，老凡照旧端起老烧。电视里正在放一个很热播的连续剧。男角搂着情人的稻草腰，正在一个没人的街头互相啃对方。老凡道："还了得！还了得！"说着说着眼珠不动了，哈喇子又开始顺着簸箕边沿往外冢头。

谁料，这馋相叫老婆逮个正着。老婆扔下筷子，关了电视，完了一把揪住老凡的招风耳，给拖到了大门外。老婆临走丢下一句话："你也找去呀！"返身关了门。

那晚老凡在大门外蹲到小半夜,私下揣摸:都是情人惹的祸,还没找呢就这样,要真找个情人那还得了!

进口红薯

老凡下岗后,连转了几个单位找工作,人家一见他的小身板,当场就被轰出来。最后,老凡下定决心:干个体,卖烤红薯去!

开市头几天,老凡把烤好的红薯摆在炉架上,让那香气飘出老远,引得不少男男女女往这边凑乎。不料,人们只是闻香气而已,并无一人掏钱。老凡为此深感纳闷。

几日后,老凡终于悟出其中之奥妙。

这天开市后,他一改常态,扯开尖嗓门,拉长声调叫喊起来:"红薯红薯,又香又甜的进口烤红薯——"

别说,这招挺灵验,当即就有两个描眉涂唇的姑娘被叫喊声给拽了过来。其中一个姑娘用两根细手指挨个红薯捏了一遍,仰脸问:"你这红薯,真是进口的?"

老凡道:"当然是进口的,我这把年纪能蒙你吗?"

姑娘于是毫不犹豫地买了两个,站在老凡旁边,当场剥皮入口,边吃边赞:"不愧是进口的,就是好吃!"

老凡嘿嘿一乐。心里说:"吃红薯不进口,难道能吃进耳朵眼子里去?叫你崇洋媚外,活该上当!嘿嘿……"

(此文作于 2003 年 9 月 10 日,未公开发表)

溜达溜达

那天去街上办事,正一溜小跑着赶时间,不期便遇到了他。

他双手背了,步子方踱,一副悠悠然的样子。我知道他应该是很繁忙的,好歹是公司里的头儿,生产销售利润分红,数十号人的吃喝拉撒睡,一应事务哪样都得他操心。可是我不知道他缘何这般自在地在外面量马路。问了,他笑笑说,老是绷着弦怪累得慌,一个人在外面溜达溜达。

在都市,能够享受一番溜达趣味的,除了那些退职休息的老太太老爷子们,似是再也找不出别样的年龄段的人了。都市人,从背上书包进幼儿园那天起,一双步子便学会了匆忙。匆匆上学,匆匆放学,匆匆写作业;匆匆上班,匆匆下班,匆匆忙家务,一切都仿佛被人撵着脚后跟。像我等初入中年行列的男人们,其匆匆更是无他能比,上要赡顾老人,下要抚育幼儿,中间还要照顾老婆吃的穿的用的需求,所以只好白天奔命似的上班,晚上拼了命摆地摊,永远都是匆匆忙忙,连立定放个屁的空儿都舍不得拿出来。生命就这样在匆匆中消磨,直到有一天,觅得一点空闲照照镜子,里面那个人之苍老之疲惫,直叫咱个三十好几的爷们唏嘘。

其实,日子是原本不需要那样去匆匆着过的。譬如奔命似的去挣钱,捞得的那些花花绿绿的纸们的目的,本就是为了生活得更好一些。单为这个目标,即使没有那么多钱,照样亦能够去实现。我就见得有许多"老外",在乌鲁木齐的火车站或人民广场,他们的穿着出奇的随意和普通，从兜里掏出两张小额的人民币买一瓶矿泉水，然后一边喝着一边在马路上溜达，从红山溜达到北门，从黄河路溜达到长江路，靠一双与咱一样的脚板在马路上自在地丈量，那种悠然那种自得，叫我等看了甚为眼热。

有篇报道说，宇宙已经有了一百四十亿岁年龄。我想，它恐怕还会有成百上千亿岁的活头。咱们人不行，横竖七八十年就算得上长寿的了，干嘛非要去捞名捞利捞苦累，把自己活成了一部机器呢。

适时去溜达溜达吧，都市人。就算你是一部机器，也得让那些心肝肺什么的零部件们歇上一口气，你说呢？

（原载 2000 年 9 月 2 日《乌鲁木齐晚报》）

洗手轶事

"爸爸,快去洗手!"

刚在饭桌前坐定,7 岁小女便满脸严肃地冲我发布了这道命令。本来,下班回家后,我已经很自觉地洗过一遍手了,而且女儿也曾有过目睹。但当我的手指正欲伸向那白生生的大馒头时,女儿又嫌我洗得太潦草,非让我返工不可,并一直在旁边监督,逼着我连续洗了两遍……

关于洗手,早在 30 年前我尚为幼儿时,就曾在幼儿园老师耐心委婉的教导下一招一势地习练过。先把两手在水中蘸湿,再涂抹上肥皂之类的去污品,然后双手绞在一起揉搓几下,清水冲净即可。30 多年就这么洗过来了。想不到 30 年后的今天,简单至极的洗手会成为一个问题摆在我的面前,并且让我因此一次又一次地挨女儿的批评。

这都是非典型肺炎惹来的麻烦。自从非典在离我们尚远的几个城市爆发,现代传媒技术让这种传染病毒一夜之间名扬天下,防"非"成了人们最关心的话题。报纸上列出了防止非典病毒感染的基本招式,其中有一招叫"勤洗手"。这招简便易行,自然成了老少男女的首选。

但这勤洗手,并无一个量化的标准,全凭个人的理解而定。有的人一天洗十几次,或许还有次数更多的,有的人一次要洗上三遍,或许还有更多遍的。我理解,能够保证饭前洗上一遍手就可以了。你想,咱乃办公室人员,属于那种所谓的白领阶层,平时又无婴孩那样的嗜好,有事没事地爱吮手指头,因此即使手上粘了点菌儿,也断不会生了腿一样直接跑进肚子里去,洗那么多遍手干嘛呢,费神费力费香皂姑且不说,最重要的是浪费宝贵的水资源。"不行!"女儿听罢我的申诉,教训道,"我们老师说了,非典病毒传染性很强,必须勤洗手。"一顿,又补充说,"最好是用水龙头的水冲着洗,对吧,妈妈?"

妻是女儿的同盟军,接上女儿的话尾讲道:"有条件多洗几遍手,当然是有益无害。像你爸爸以前那样,有时连吃饭都不洗手,是很容易得病的!"接着,妻数说起勤洗手对于防非典的种种好处,这些知识均来源于时下的报纸,其中道理,我自然笃信无疑,毕竟是报上讲的么。

于是,从此以后,我对洗手有些慎重起来了。每次下班归家,总是直奔洗漱间,先在水龙头下洗把手。但毕竟积了30年之厚习,彻改实在不易。有段时间,勤洗手便坚持得很成问题,每每要妻女相催、提醒,否则就忘了。不过现在好了,经过非典两个多月的熏染,习惯渐已养成。

勤洗手。非典时期如此。他日,当可恶的非典被人类的铁掌制伏,我会继续这个习惯,因为这是健康的保证。

给这篇小稿收尾时,我想,得去洗手了。

(原载 2003 年 5 月 17 日《乌鲁木齐晚报》)

喷嚏事件

想不到，数九寒天都不曾感冒的我，在这风暖日烫的五月天竟然患了感冒，流鼻涕打喷嚏，闹得不亦乐乎。

搁在往日，感冒乃小事一桩，我根本不当回事，相信周围的人们亦不会觉得有什么异常。谁不患感冒呢，擤上把鼻涕，打几个喷嚏，正常得有如眨巴眼皮。但现在却不同了，由于非典型肺炎的流行，人们对细菌一词变得颇为敏感。一个喷嚏过后，不但会用防备非典型肺炎的警惕审视我，还会纷纷躲避，敬而远之。我就曾有过这种遭遇。

那天，因事外出，我坐上一辆崭新的 2 路公交车。

人挺挤，后面一个胖女人将我牢牢地顶在旁边的坐椅靠背上。我心想，一定要坚持住，在这种场合千万别打喷嚏！为防备万一，我的左手紧紧攥住了裤兜里的手帕。

车子轻巧地往前奔跑。或许嫌人多空气闷，我面前座位上的中年女性打开了车窗。顿时，一阵凉爽宜人的街风扑过来，我听见身后的胖女人舒惬地呼出一口长气。

就在这时，我突然觉得不妙。阵阵凉风掠过，我隐隐感到了鼻腔深处似有蚂蚁在爬动。那痒痒的滋味实在难以忍受。不好，喷嚏要来了！我赶紧咬牙憋气，用意念与那蠢蠢欲动的喷嚏进行抗衡，同时抓出了兜里的手帕。

"啊——嚏——"

抵制未能奏效，那悠长骇人的声响终究从脖腔深处爆发出来。

许是憋得时间过久之故,声音竟那么高亢,宛如怒极一吼。好在那声响乍离嘴之时,我已经事先用手帕遮在了嘴边,才不至于唾沫星子横飞,殃及周围人等。

但即便如此,还是惊吓了身边的诸位。我看到座位上的中年妇女条件反射一般捂住了自己的口鼻,同时仰头转脸搜寻喷嚏的制造者,最后与我四目相对,从她那双不大的眼睛里射过来一缕怒气,于是我赶紧把目光撤到别处。

但中年女人兀自不肯消歇,尖声叫道:"你这人怎么这样,怎么在人家的头上打喷嚏呢,真是脏死了……"

后面的话有些难听,但我未跟她一般见识。自己毕竟打了一个喷嚏,尽管用手帕遮了,想必那些肉眼难识的菌类们还是会飞过去传染她的。我很理解她的这种敏感。

车未到站,车厢里依然拥挤。但我的身边却出奇的宽松起来。那位先前始终以我为椅的胖女人此刻正拼命地往旁边的人丛里挤,并忙里偷闲回头望我一眼,也是一脸的警惕状态。其他男男女女也都与我拉开了不小的距离。

我感到背后有无数的警惕的眼睛在窥望我,突然觉得浑身燥热起来,心里也不由得充满了委屈。一个被压抑阻挡了的喷嚏,至于犯下如此众怒吗?我意识到自己必须下车了,否则,当那些我无力阻止的喷嚏再打出来,结局恐怕就不好收拾了。想到这,我提前数站离开了公交车……

回到单位后,正想对办公室的同事们倾诉一下公交车上的"喷嚏事件"遭遇,不料未曾开言,一个洪亮的喷嚏便冲口而出。喷嚏过后,办公室里早已人去房空。

唉,非典时期的喷嚏,看来真是打不得!

(原载 2003 年 6 月 2 日《都市消费晨报》,获优秀征文奖)

拜拜，虱子

　　到新兵连的第一件事就是理发。

　　理发本是再平常不过的事情，但正因为这次理发，却让我牢牢地记住了走进军营的第一天——1986 年 11 月 22 日。

　　那天，我背着背包，在乌鲁木齐站下了火车。从山东高密到新疆乌鲁木齐，整整跑了四天四夜，好家伙，一路上钻山洞、穿戈壁，火车硬是把我们这伙来自山东高密的新兵蛋子给拉到了天边边来。本来，从没见过火车的我对坐火车充满了好奇和新鲜，原想一路上跟同乡战友说说笑笑，恣恣悠悠，会是一件很惬意的事情。然而没想到的是，那火车仿佛失去了终点站，闷着头一跑就是四五天，害得我们脑袋发懵，小腿肿胀。下了火车编队稍息时，我的身子依旧不停地摇晃，仿佛依旧坐在火车上往前奔驰。

　　11 月下旬的乌鲁木齐已经很冷了，积雪遮盖了这座城市的原色。车站广场上，接兵干部抱着花名册，把我们这 200 多个山东兵分得东奔西去。他念出每个名字，嘴巴就像煮沸了水的壶嘴，粗白的热气咕嘟咕嘟往外冒。在升腾的热气中，我被点着名来到了市郊戈壁滩上一座军营。

　　那是一个临时新兵连，设了 12 个班，我在二班。班长把我接进二班宿舍的时候，我发现 12 个铺位已经摆好了 6 个床铺。宿舍里生着火炉，炉管通进墙壁里。我后来才知道，这叫做火墙。整面墙壁都热烘烘的，很温暖。火炉旁边支开一个理发摊子，一个新兵的脑袋刚推了半拉子。班长给我指定铺位后,又拿起理发推子给那个新兵理起来。旁边已经理好了两个光头,他们大概觉得很新鲜,正互相摸着对方的秃瓢嘿嘿乐个不停。

我知道,新兵连的理发有着非同寻常的意义。这是我们这些地方青年从外形上接近合格军人的第一个步骤。

参军前,我在黄土地里挥了两年多锄头,由于农村条件限制,一年顶多理上两次发,除夏天能够经常到河里泡澡外,其他三个季节根本洗不上澡。拿到入伍通知书后,我本打算到25公里外的县城理理发、洗个澡,省得到了部队叫人笑话,无奈行期紧,只好在家烧了半锅热水擦了一遍了事。身上有点灰倒好说,有军装遮着,别人瞅不到,头发长了却不好办,总不能白天黑夜头上都扣着那顶大棉绒帽子不摘吧?

这不,眼下就得摘了,轮到给我理发了。

班长操着四川口音冲我说:"那个大个子,该你理发了啥!"我忙坐过去,班长替我裹了一个床单,用两个夹子把领口牢牢夹住,从额头开始推起来。推子挺快,也可能是班长技术挺好,我听到了头发被剪断的咔嚓声,我看见一撮撮夹杂着灰尘和头皮屑的长发落到床单上,又滚到地上。

我从小很少理光头,主要原因是头型不那么周正,理了光头后很像电影《少林寺》里那个秃鹰,老少爷们见了我都紧张。但眼下不周正也得理哪,军人要步调一致才能得胜利嘛!我正这么想着,耳畔突然传来班长的咋呼声:

"龟儿子,这是个啥子东西么?"

话音未落,班长撂下推子,一步蹦出了大老远。

我正纳闷儿哩,一个甘肃籍新战友凑上前来用指头在我头顶上拨拉了一番，说："我的个乖乖，是个虱蛋蛋么！"

呼啦！几个新战友全都好奇地凑过来，围着我的脑袋七嘴八舌地研究起那个"虱蛋蛋"来。我被臊得浑身发热，脸上汗珠骨碌碌直往下滚。当然，我早就知道自己身上有虱子，实际上在我们那个小小的山村里，身上没虱子的人又有几个？但我没想到，或者说没有心理准备，这个虱子会在这种时候蹿出来，并且会引起人们如此的恐慌和骚动。

可恶的虱子！你叫我这个革命军人的脸往哪搁？我感到丢人至极，真恨不得找个地缝一头钻进去拉倒。

这时，班长已经恢复了平静，又拾起推子把我的头发理完了。"过一会，我带你们去洗澡，大个得多打几遍肥皂！"班长笑着说，"我们要把反动虱子统统消灭干净！"

班长没有挖苦。我感到心里稍稍平衡了些。午饭前，站到热气腾腾的大澡堂子里，班长双手撑开，从我身上反反复复搓下了一地灰垢，之后用香皂里里外外扫荡了五遍。我的皮肤虽然被搓红了，不过，那些令虱子们赖以生存的原料却也随着温热的清水一去不复返了。

走进军营的第一个晚上，我睡得很香，做了一个挺好的梦。梦里的我笑了，直笑得邻铺的战友从梦乡里醒来。

（原载 2003 年第 10 期《解放军生活》杂志）

勿施怪妆

许是真的落伍于同龄的人们了,我对街上那些把一张好端端的脸涂成熊猫脸,把满头油亮的乌丝染成干枯的红或黄的女子们,除了有一丝畏惧外,实在生不出美感。

记得上个世纪八十年代中期,街上要是有个黄头发或红头发的中国人走过去,立马会招致路人侧视。大家嘴张大,眼圆睁,宛如在看一个怪物。也难怪,自从有了文字记载,咱中国人生就是黑头发、黄皮肤,而且青发乌丝已经成了我们衡量美的标准。然而这才过了四五年光景,街上的黄头发红头发就成群成片起来了,大有要改写传统审美观之势,不但女的染了,连一些男人也跟着染起来。瞧这趋势,像我等依然青发乌丝的人儿有一天恐怕要成了怪物,该轮到被黄头发红头发们侧视了。

黄或红的头发美吗?我看未必。中国人的皮肤本来就黄,乌发青丝相伴衬才显得眉清目秀,才自然顺眼。倘若黄发与黄脸搭配在一起,总叫人觉得不自然,很别扭。

哲学上讲,唯有自然的东西是最美的,我想对人亦如此。用刀片拉开的双眼皮总比不上自然的单眼皮耐看,脸上夸张地涂满脂粉反不如洁眉素面看着赏心悦目,头发生就黑,也看惯了黑,为啥非要去人为地涂成怪颜色呢?

请记住,怪妆与美丽是永远画不了等号的。还是去掉怪妆,把一个本真的你献给我们这个自然的社会吧!

(原载 2001 年 9 月 4 日《新疆广播电视报》)

秋

因为收获,我们感激金秋

寻梦十六春

我要在《解放军文艺》上发表小说!

这个梦,就像一轮勃然跃起的朝日,在我苦辣酸甜十几年的军旅岁月里,始终固执地高悬在头顶正前方。虽然遥远,却非常清晰。日复一日,我被它牵引着,逐着它的身影而行,秋去春归,年复一年,丝毫未曾懈怠。

苦苦追寻 16 年后,梦想才变成现实。在这年 12 月份出版的《解放军文艺》上,有一篇不起眼的短篇小说《二哥想当兵》,标题下面印着三个普通的方块字:柳金虎。

这年我 36 岁。正是本命年。

初 识

初识《解放军文艺》,是在我十四五岁那年。

是个冬天。在北京空军部队服役的大哥回家探亲,不重的行囊里面,放着两本《解放军文艺》。都是早一年出版的旧刊,已经被翻破了边角,一本的封面也没了。

那是上世纪八十年代初,我正读初中。十四五岁的青春少年,正是迷恋课外读物的时候。我曾经拥有一个破旧的藏书木匣子,里面摆放着几本连环画,是我利用寒暑假捡废品换来的,这便是我全部的藏书了。我渴望拥有更多的图书。但那时的农村依旧很穷,加上父亲长年生病,家中拮据至极。我每年的上学支出,除却几元钱的书本费之外,别的便一分也不曾有了,自然是买不起一本课外读物的。在这种情况下,大哥带回的这两本《解放军文艺》便顺理成章地被我霸占,成为我藏书匣里的宝贝。

时至今日,我早已不记得书中的篇章了。但是"解放军文艺"这5个黑色的大字却像斧凿雕刻一般牢牢地印在了我的脑海里,以致几年以后,当我作为一名士兵坐在连队的阅览室里捧读她,竟生出在万里之外的边疆邂逅乡亲故旧一样的亲切情愫。这时候,那个梦便怯怯地萌动了。

交　往

1986年的那个细雨蒙蒙的深秋。西行兵列将我送到了离家4700多公里以外的戈壁滩上一座空军军营。

那时候,学习开车、修理等军地两用技术,几乎成为每个新兵追求的目标。像若干有幸走进这个绿色阵营里的农家子弟一样,我分外珍惜这次参军的机遇,也暗暗下定决心,一定刻苦努力,争取在部队学到一门有用的技术!

孰料新兵连结束后,我既没有分到机场陪伴战鹰,也没有分去学习开车和修理,而是被分到一座远离市区的油库里站岗。

隆冬。库区内积雪没膝,冷风呼号。我身上裹紧羊毛大衣,抱着冰冷的半自动步枪,在空旷冷清的库区里踩出了深深浅浅的数不清的脚印。但我没有埋怨,因为士兵的词典里没有这条词目,只有忠诚,只有追寻。下哨后,我的全部业余时光基本是在连队阅览室里度过的。那时候,连队阅览室里的藏书多是军旅作家的作品。很快,我从书中结识了李存葆、莫言、朱苏进、苗长水、李镜、乔良、杜守林等一批军旅作家。在阅读他们作品的同时，我的手中不知不觉多了一根钢笔、一本稿纸。

就是从这时候起，那个梦在我心里清晰起来了。

我要写小说！在空白的稿纸上写下这句话后，我顿时感到脑海中塞满了故事。戈壁、雪域、沙枣、红柳，它们与士兵朝夕相守，见证了士兵的苦乐青春，也见证了奉献与付出的真实含义。我要写它们，写士兵，写周围的一切！

我把投稿的目标锁定在《解放军文艺》上。不仅仅因为她是军人的刊物，拥有数百万军地读者，也不仅仅因为我写的是军人情军人事，而是为着我心中那个梦。

半个月后，一篇六七千字的小说习作《塞北的雪》被我像小学生那样一笔一画抄到了稿纸上。接下来，我专程请假来到50多公里外的乌鲁木齐市，发出了通往北京的挂号邮件。苦苦等待一个多月后，我终于盼来了《解放军文艺》的回信。那是一封退稿信。不过，在退回的稿件里夹着一页信笺，上面有编辑同志的亲笔留言。没有具名，只留下了满纸的真诚和热情。编辑同志鼓励我不要气馁，多读多写多练笔，并相信我"一定会成功"的！虽然初次投稿就遭遇了退稿，但是那封热情洋溢的鼓励信却给了我莫大的动力。此后，我又给《解放军文艺》寄去了第二篇小说习作。这是事隔两三个月以后的事情。退稿信上，仍旧是那位编辑同志留下的遒劲洒脱的钢笔字："有进步，但还太平。"这个评语至今想起来仍令我心生感动。

是啊，能够从一名初学者的前后来稿中看出其中的进步与不足，这在如林的文学期刊里面，有几位编辑能够做到这点？足见《解放军文艺》的编辑老师们的仁人之心！

追　寻

　　两次退稿,两封回信,我对《解放军文艺》有了一个新的认识。她就像远处的一座宝塔,人人堪登,但你没有与登塔相适应的能力就很难攀上去!她也让我明白了一个道理:写作是一项漫长的积累过程,除热爱之外,须把文字基础锻炼扎实,须掌握写作的基本要领,须熟悉你要记述的人事,须有厚实的生活积淀,须充满感情与激情。而这些,我都不曾具备,现在的写作无异于沙丘上造房!

　　从此以后,我不再盲目给《解放军文艺》投稿了。但那梦之焰始终未熄。也正是为了圆这个梦,我意识到自己必须从头学起,直到我真正有能力登上这座宝塔的那天!

　　从此以后,我开始报名参加各类文学函授学习,开始攒钱购买各种写作书籍,开始挤出有限的津贴订阅《小说月报》、《解放军文艺》等纯文学刊物,并开始转变投稿目标尝试着给报纸的副刊写稿。这条路一走就是15年。在这漫漫的途程中,我就像一个蹒跚学步的孩童,在无休止的摔打中渐渐长大了起来。我的稿件不仅登上了《解放军报》、《人民日报》,而且因为写作还立功、提干,成为部队上专司笔墨的新闻干事,成为驻地两家省级报纸的特约记者。然而面对这些,我并没有那种"成功者"的欣慰和喜悦。我始终挂记着那个未圆的梦,那个文学之梦。

　　事实上,这么多年来,那个梦始终如高悬的朝日,牵引着我的脚步。我也在始终追寻着那个目标努力,须臾不曾偏离。我所以从事新闻,就是为了更好地锻炼积累,为了更有成效地接近那个目标,为了能够登上那座宝塔。如今,军装已经在我身上穿了16个春秋。作为兵,我已经不再年轻,也已经走过了多梦的季节,但是作为一名立志军旅文学的歌者,我觉得应该敞开歌喉,去放声吟唱了!

于是在一个春夜,我重又铺展开洁白的稿纸。

圆　梦

二哥当兵。这是我这个短篇小说的标题。写得非常顺利,全文仅4000多字。寄到《解放军文艺》杂志后,我没敢抱太大希望。直到有一天,《解放军文艺》的退稿信再次摆在了我的桌面上。虽然是退稿,却是一次给我以希望的退稿。编辑李亚同志亲笔致函:小说有新意,只是情节欠丰满,若改得满意,可再寄我。只寥寥数语,却令我感动得不能自己。是啊,时隔16年,《解放军文艺》再一次用热情的胸怀接纳了我这个未名作者,怎不令人感动呢!

于是我当即泡了一杯茉莉花茶,连夜伏案修改起来。

更深人静。办公室里,只有日光灯滋滋地轻鸣,只有我的双手敲击电脑键盘的嗒嗒声。我把一本新到的《解放军文艺》置放电脑臬一侧,困乏的时候,她就像一剂醒神良药,时时给我以力量……两个不眠之夜过去了,稿件修改完备,字数超过了一万 然而我没想到的是,修改好的小说寄出两月余,再次遭到退稿。李亚编辑又提出具体修改意见,要求我作进一步修改。从16年前的两次退稿到16年后的这两次退稿,让我透过匆匆更迭的时空看到了一种不变的精神,体味到了《解放军文艺》对于一名文学士兵固有的关心与扶持,感受到了作为纯文学阵地的《解放军文艺》素有的严谨正直的办刊作风。此后,我不敢再有丝毫侥幸,踏踏实实修改,删除了小说中的一些不当的人物描述和细节,直到万无一失了,才忐忑不安地寄出。

后面的日子,是在痛苦的希望中度过的。人生往往就是这样,痛苦与希望从来就是相伴而生，唯此，痛苦才有价值，希望才显珍贵。我的痛苦除了是迎接那希望外，还源于对自己的重新认识。我的文学能力，即使在经过 16 年历练之后，依然不能够与攀登那宝塔相适应。痛苦地认识到这一点，我并没有消沉，我甚至感到很幸运，我毕竟看到了真实的自我。而这对于一名渴望成功的文学追随者而言是弥足珍贵的，它会让我时时保持清醒头脑，不以小成而骄，不因失败而馁。这是包括做人都不能少的品质啊。

终于，在我 16 年的戍边履历上又浓墨重彩地添上了这样一笔：短篇小说《二哥想当兵》载 2002 年 12 月《解放军文艺》。这是一名士兵苦寻 16 年在神圣文学殿堂上印下的第一个脚印。这是一名文学爱好者执著追求 16 年才圆就的第一个梦。这更是一名立志军旅文学的士兵歌者在《解放军文艺》这个神圣舞台上开始放声吟唱的第一个音符。

感谢《解放军文艺》给了我这个良好的开始！

（原载 2004 年第 9 期《解放军文艺》杂志）

四季如歌